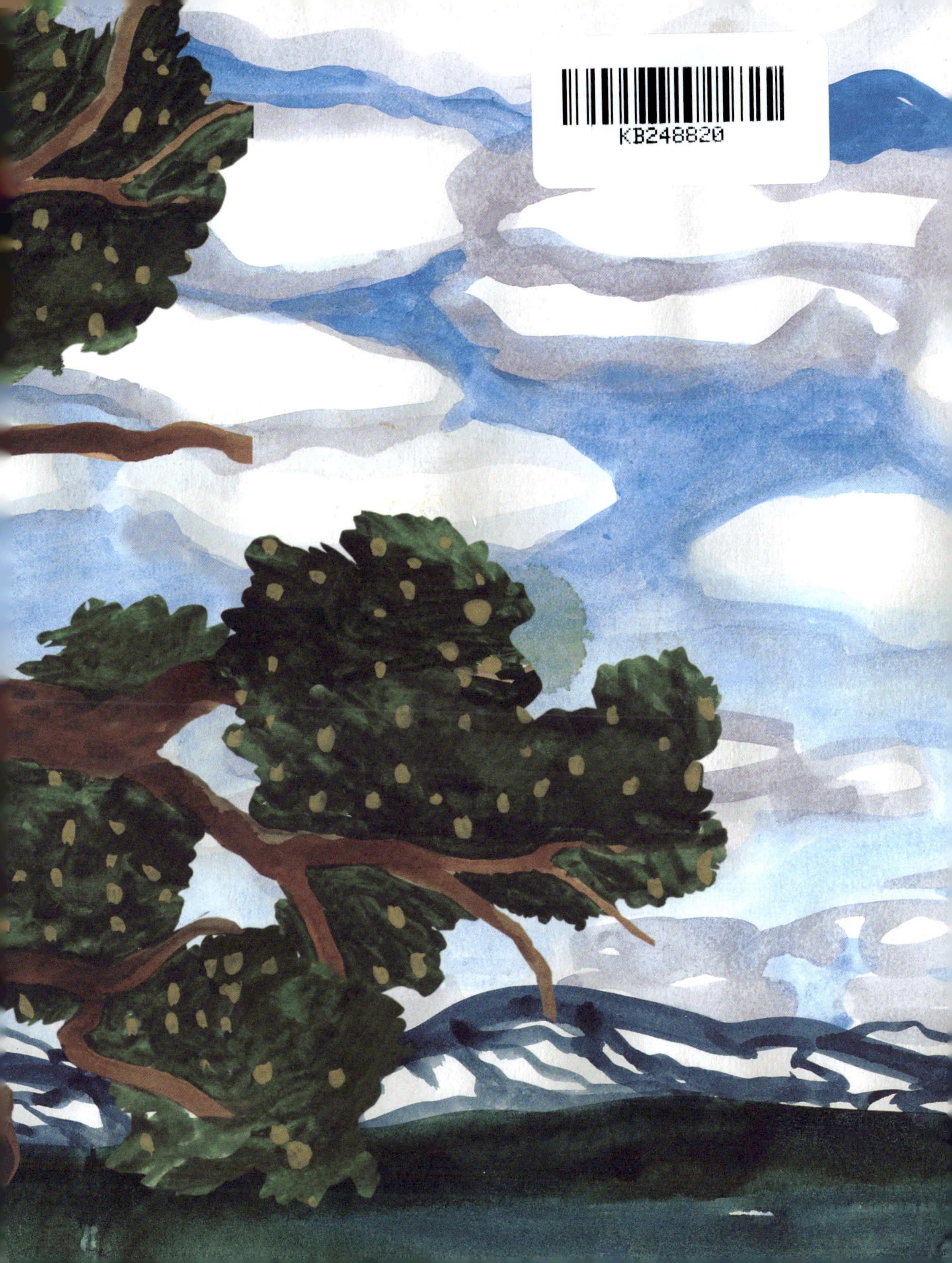

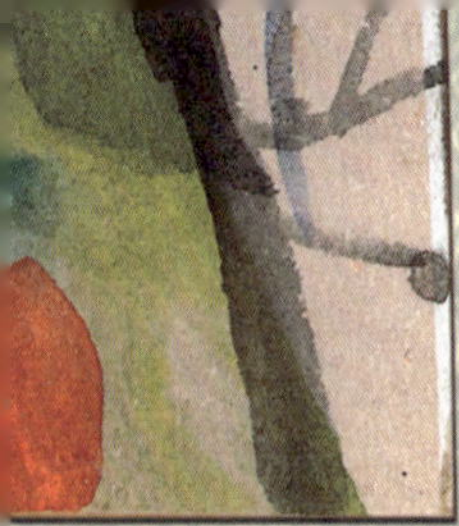
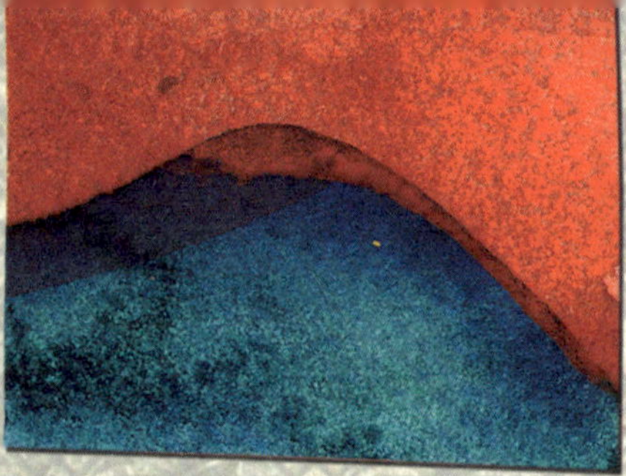
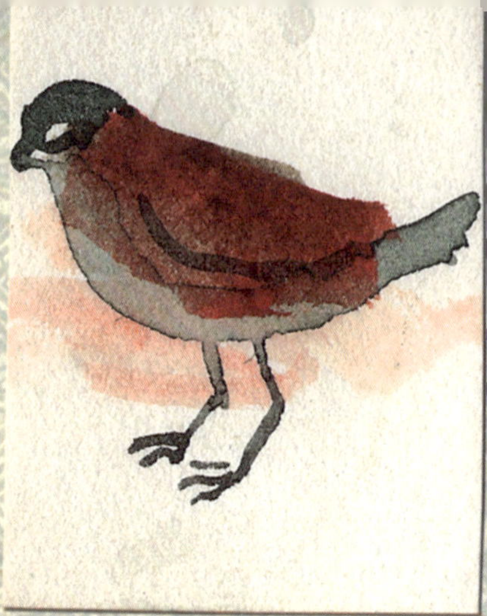
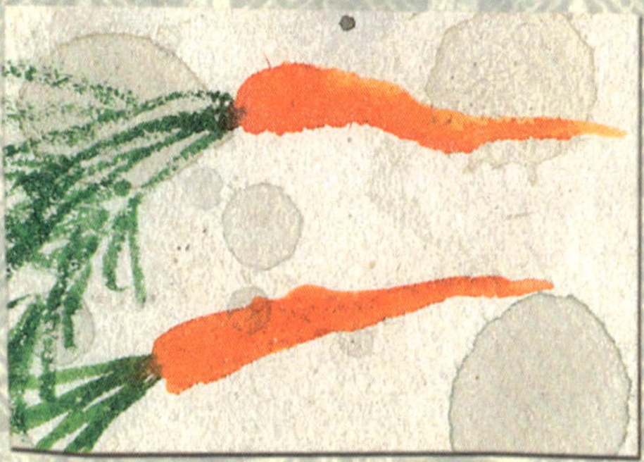
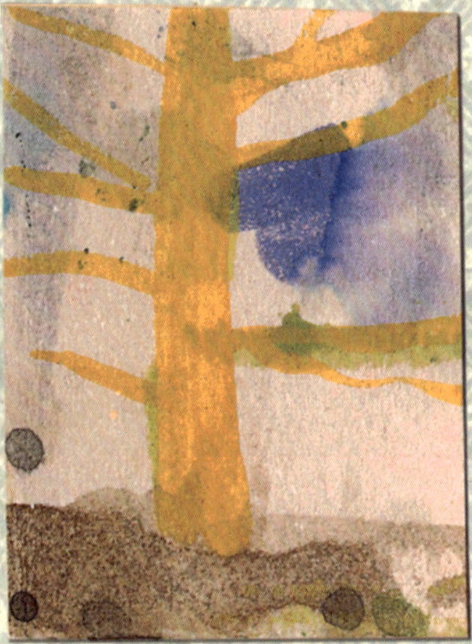
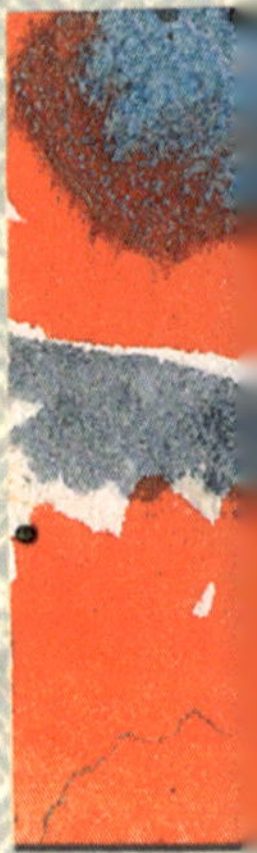
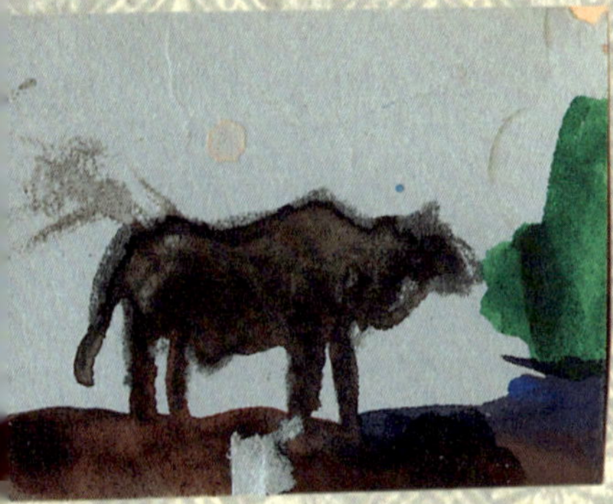
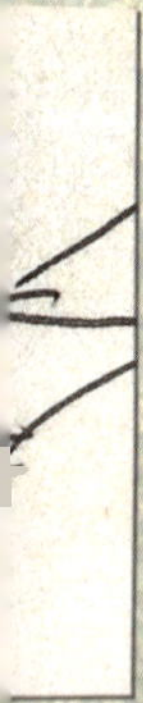

Fågeln i mig flyger vart den vill

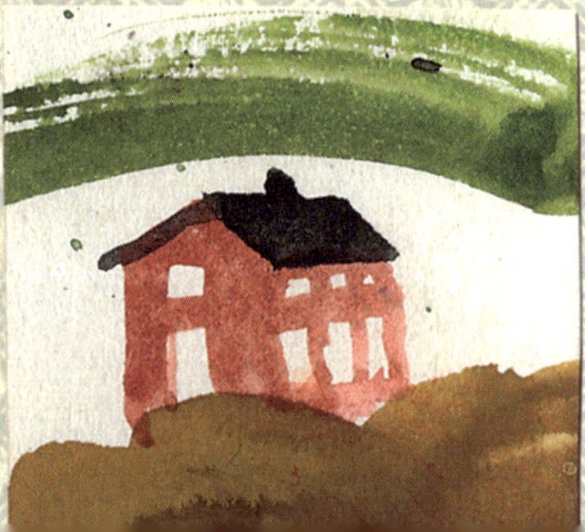

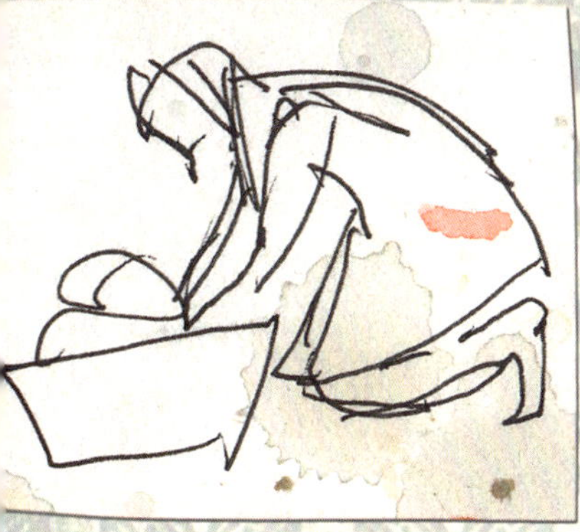
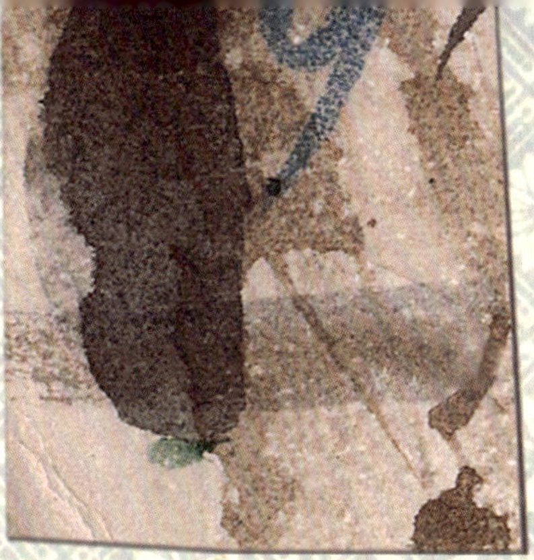
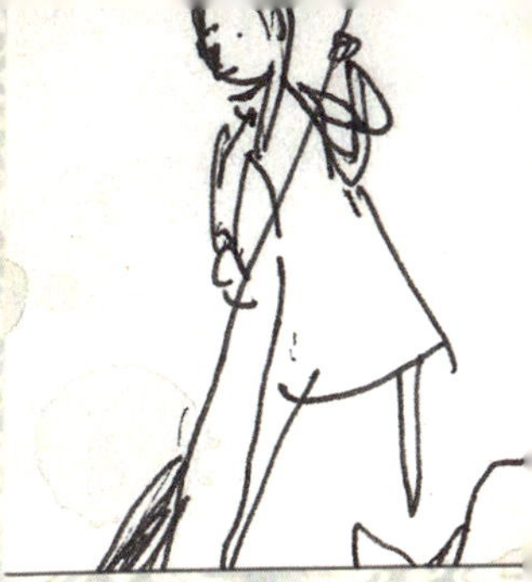

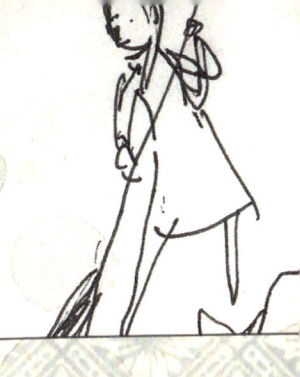

내 안의 새는 원하는 곳으로 날아간다

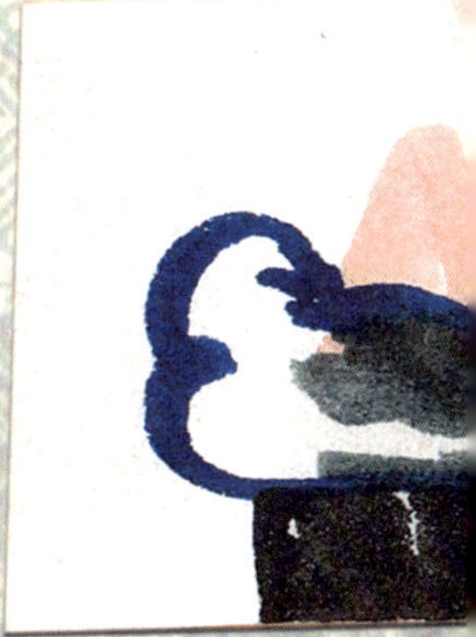
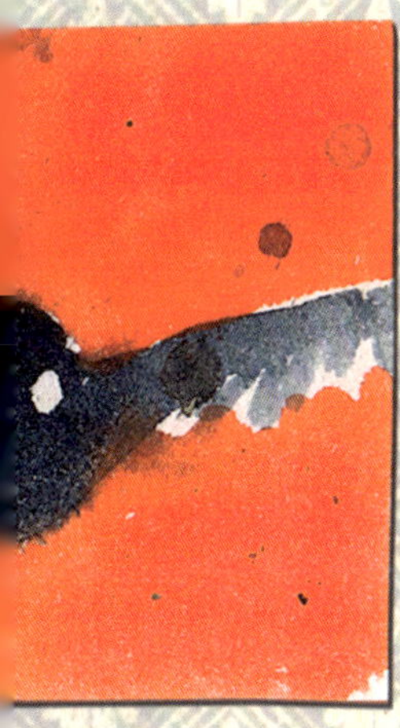

사라 룬드베리 글그림·이유진 옮김

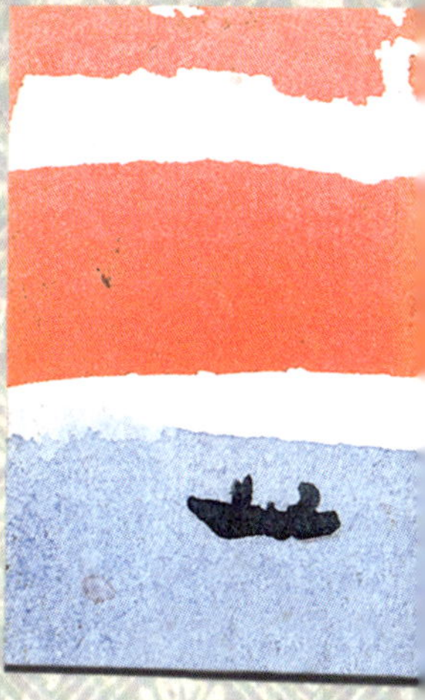
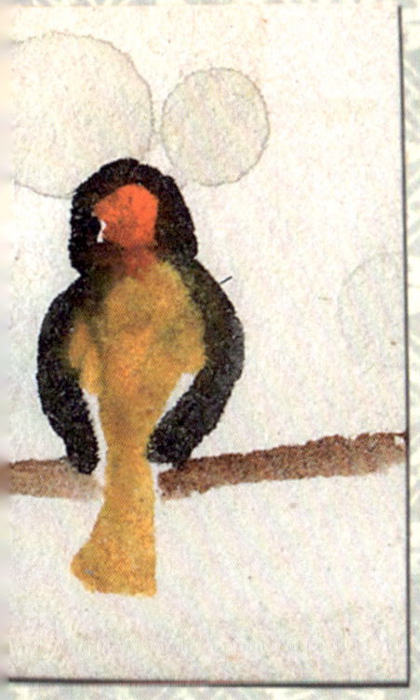
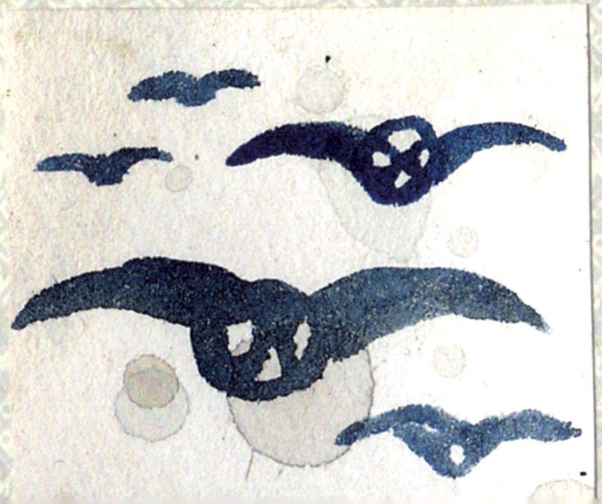

산하

글그림 사라 룬드베리

스웨덴과 미국에서 미술을 공부했으며, 약 40회에 걸쳐 스웨덴과 여러 나라 전시회에 참가했습니다. 《내 안의 새는 원하는 곳으로 날아간다》로 아우구스트 상과 올해의 스웨덴 그림책에 수여하는 스뇌볼렌 상을 받았고, 스웨덴 도서관협회에서 수여하는 닐스 홀게손 상 최종 후보에 올랐습니다. 《흰 선과 외이빈드》로 엘사 베스코브 상을 받았고, 《오로지 나만》으로 볼로냐 라가치상을 수상했습니다. 작품으로는 그림책 《선 긋는 소녀》 《잃어버린 날》 등이 있고, 《바보 야쿠프》 《내가 아닌 누군가를 생각해》 《여름의 잠수》 등 다수의 어린이 책에 그림을 그렸습니다.

옮김 이유진

한국외국어대학교 스칸디나비아어과에서 스웨덴어와 노르웨이어와 덴마크어를 공부했으며, 같은 학교 대학원 영어영문학과와 스웨덴 스톡홀름대학교 문화미학과에서 석사 과정을 마쳤습니다. 그동안 《나는 누구입니까》 《아드리안, 네 차례야》 《나에 관한 연구》 《어른이 되면 괜찮을까요?》 《무민 가족의 집에 온 악당》 《오직 토끼하고만 나눈 나의 열네 살 이야기》 등의 책을 우리말로 옮겼습니다.

산하세계문학

내 안의 새는 원하는 곳으로 날아간다

글그림 사라 룬드베리 | 옮김 이유진 | 제1판 제1쇄 발행 2018년 7월 31일 | 개정판 제1쇄 발행 2025년 6월 30일 | 펴낸이 곽해영 | 편집 최혜기, 박철주 | 디자인 소미화 | 마케팅 권상국 | 관리 김경숙 | 펴낸곳 도서출판 산하 | 등록번호 제2020-000017호 | 주소 03385 서울특별시 은평구 언서로26길 27 | 전화 02-730-2680 | 팩스 02-730-2687 | 홈페이지 www.sanha.co.kr | 메일 sanha0501@naver.com

ISBN 978-89-7650-625-2 44850 | ISBN 978-89-7650-400-5(세트)

외롭고 힘든 길을 씩씩하게 걸어간
베타 한손을 생각하며

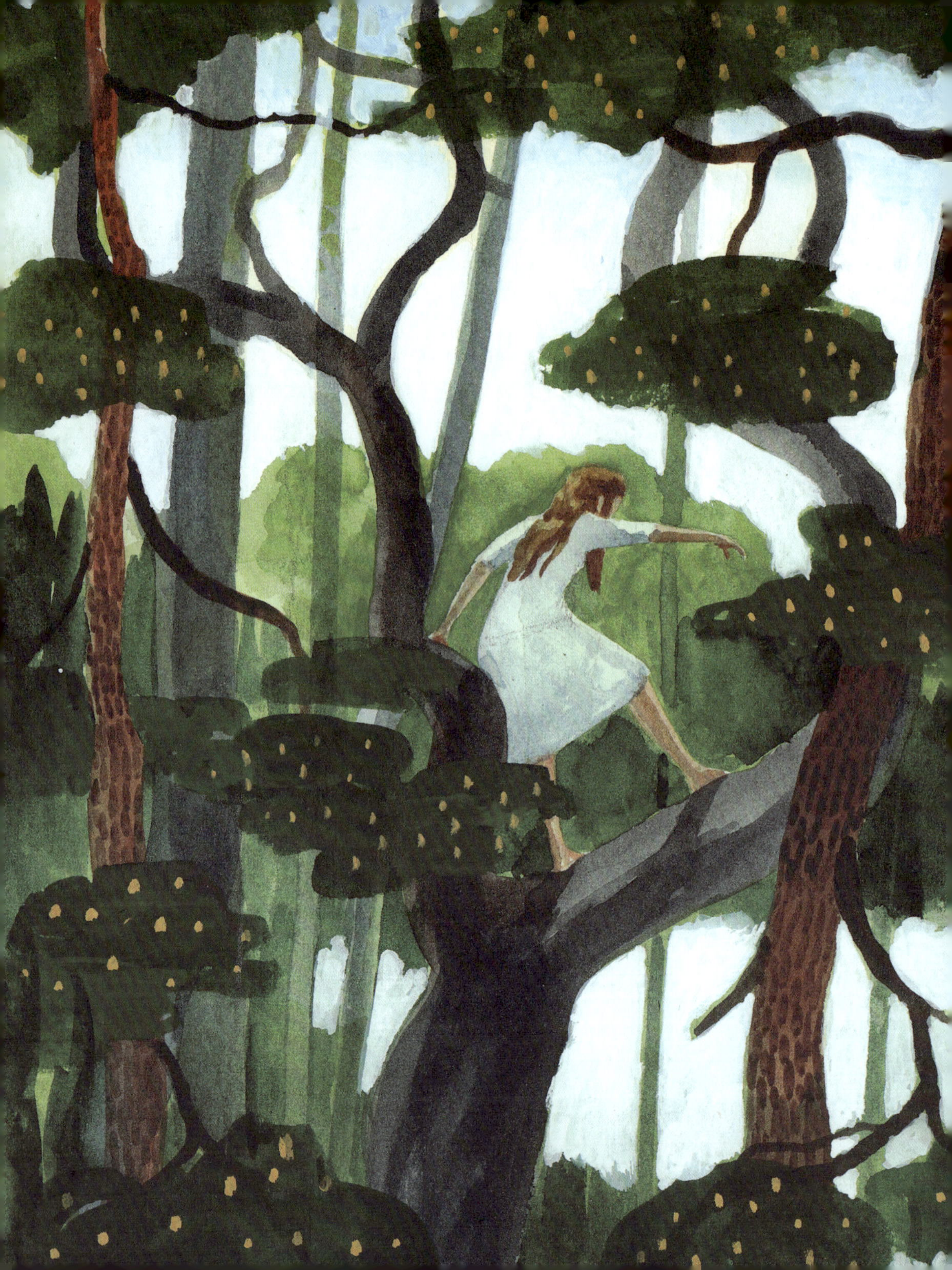

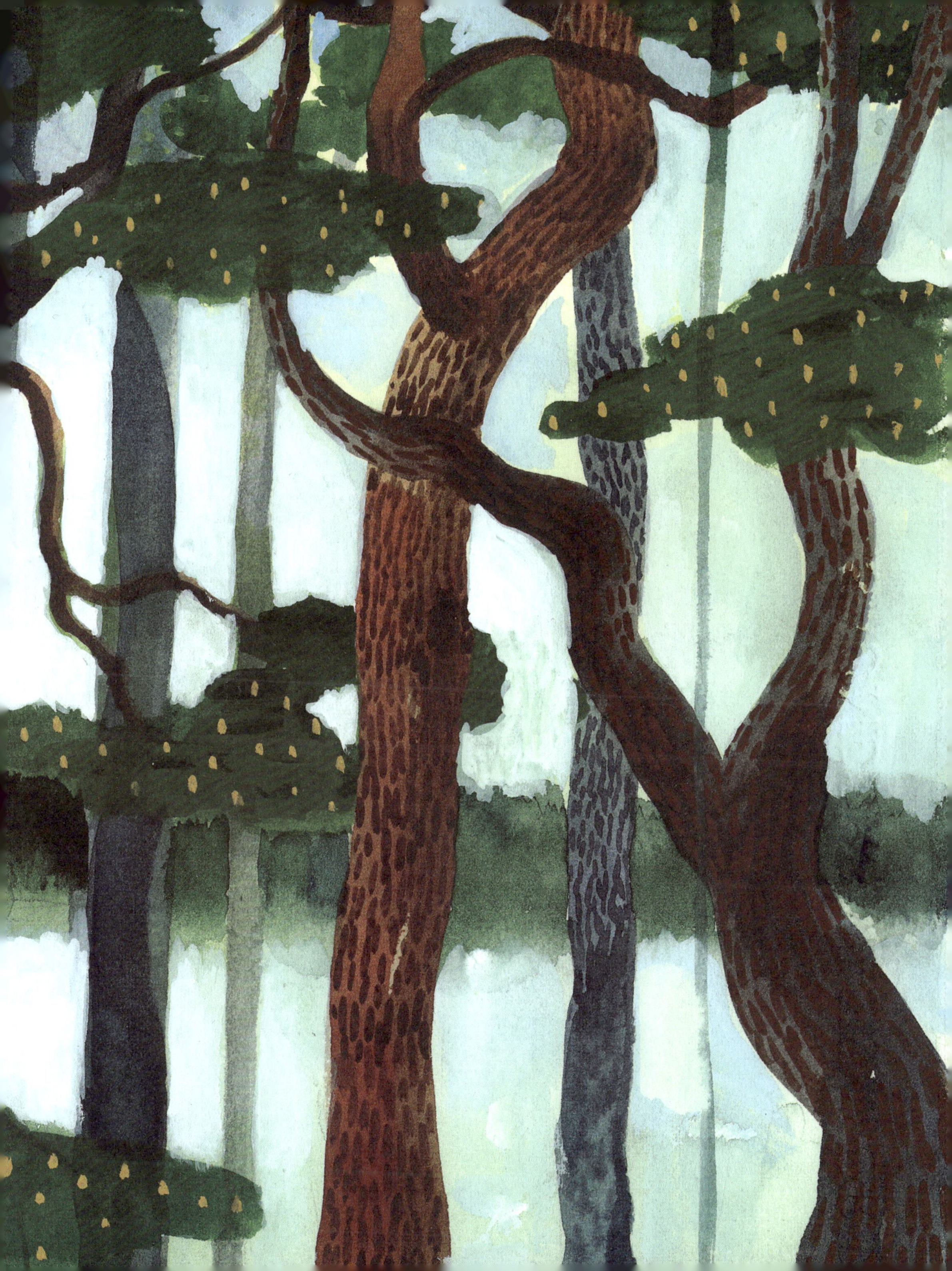

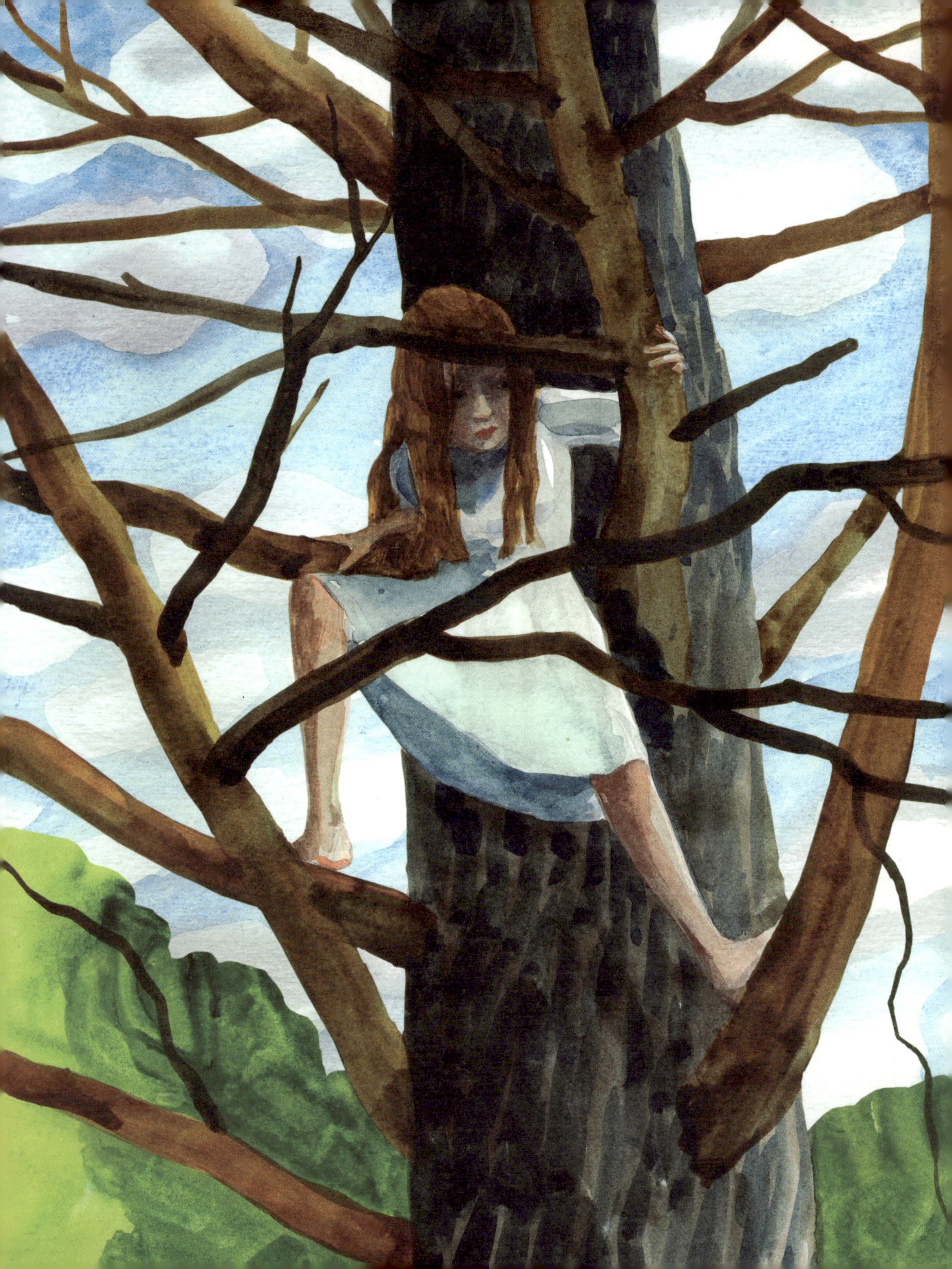

아빠가 또 큰 소리로 나를 부른다.
베타라는 이름으로.
내 이름은 예타*와 글자가 비슷하다.
나는 일부러 못 들은 체한다.

내 몸을 한껏 웅크리면
잠자는 새처럼 보이겠지.
언젠가 내가 진흙으로 만든 새처럼.
나는 그 새를 엄마에게 드리고 싶다.

* 스웨덴어로 예타 hjarta는 '마음'이라는 뜻.

내가 새라면 나는 날아갔을 거야.
마을에서 훌쩍 벗어나 머나먼 곳으로,
내가 나일 수 있는 곳으로.
아무도 나를 소리쳐 찾지 않고,
스스로 나를 소중히 여길 수 있는 그런 곳으로.

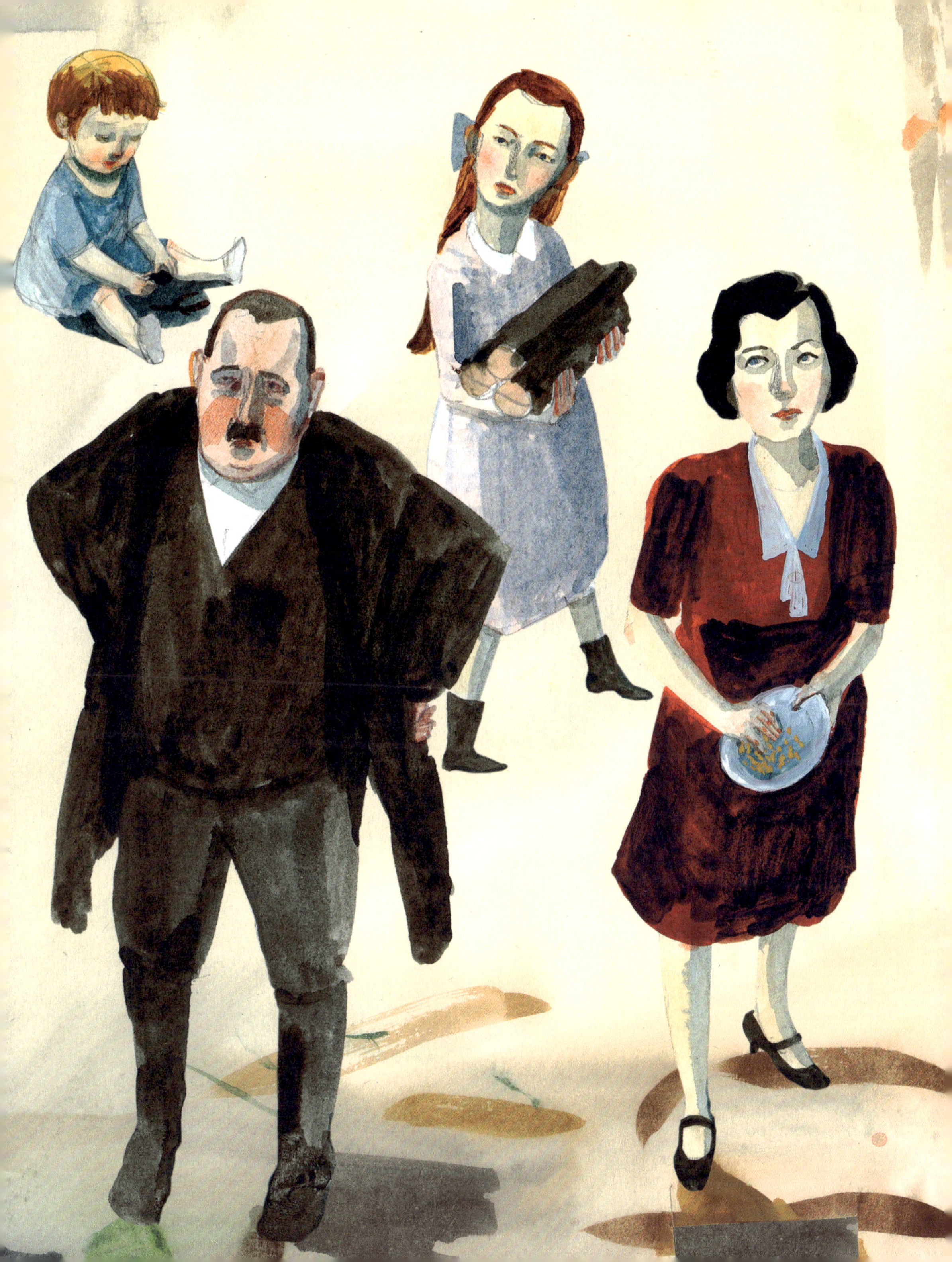

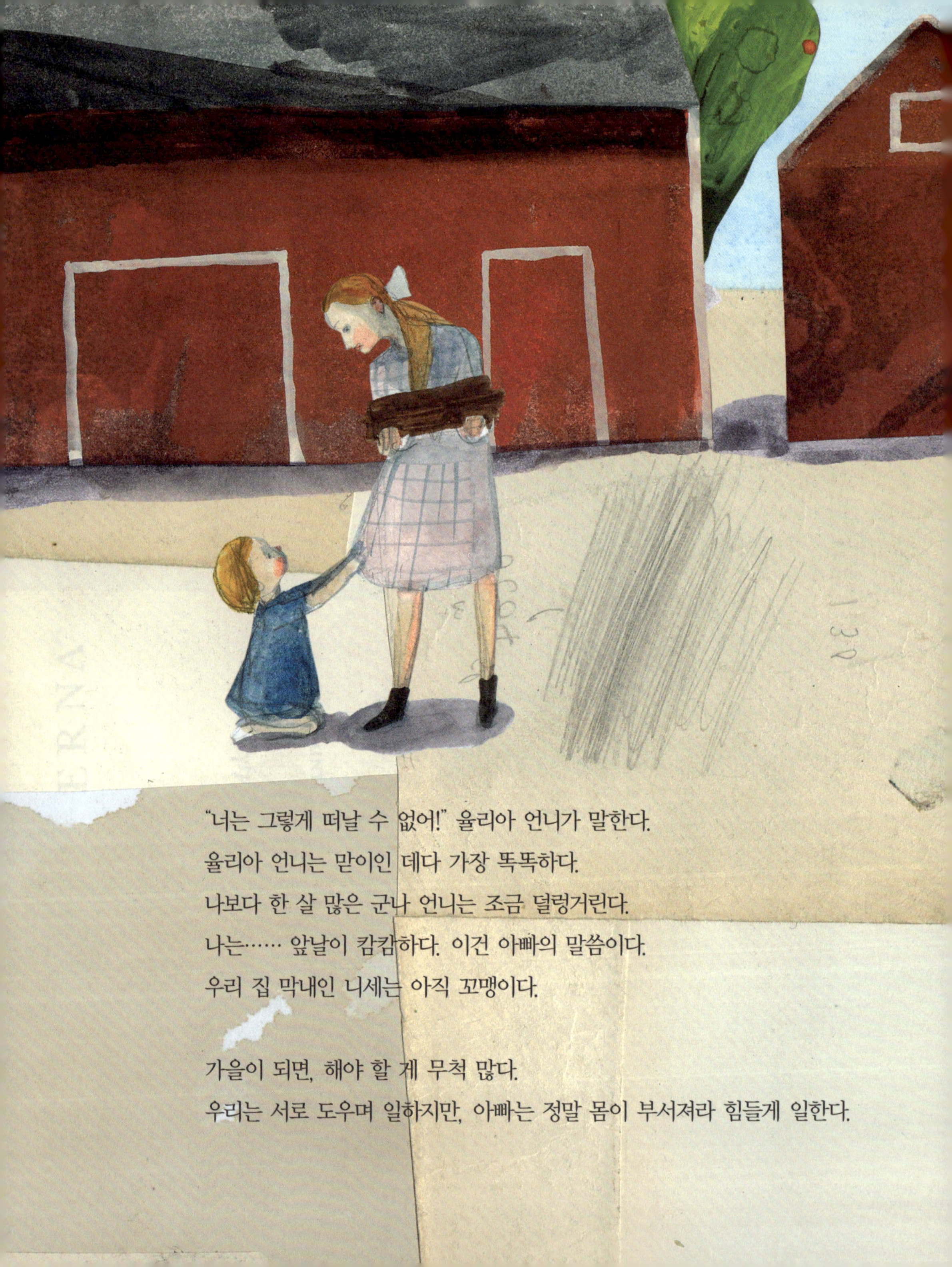

"너는 그렇게 떠날 수 없어!" 율리아 언니가 말한다.
율리아 언니는 맏이인 데다 가장 똑똑하다.
나보다 한 살 많은 군나 언니는 조금 덜렁거린다.
나는…… 앞날이 캄캄하다. 이건 아빠의 말씀이다.
우리 집 막내인 니세는 아직 꼬맹이다.

가을이 되면, 해야 할 게 무척 많다.
우리는 서로 도우며 일하지만, 아빠는 정말 몸이 부서져라 힘들게 일한다.

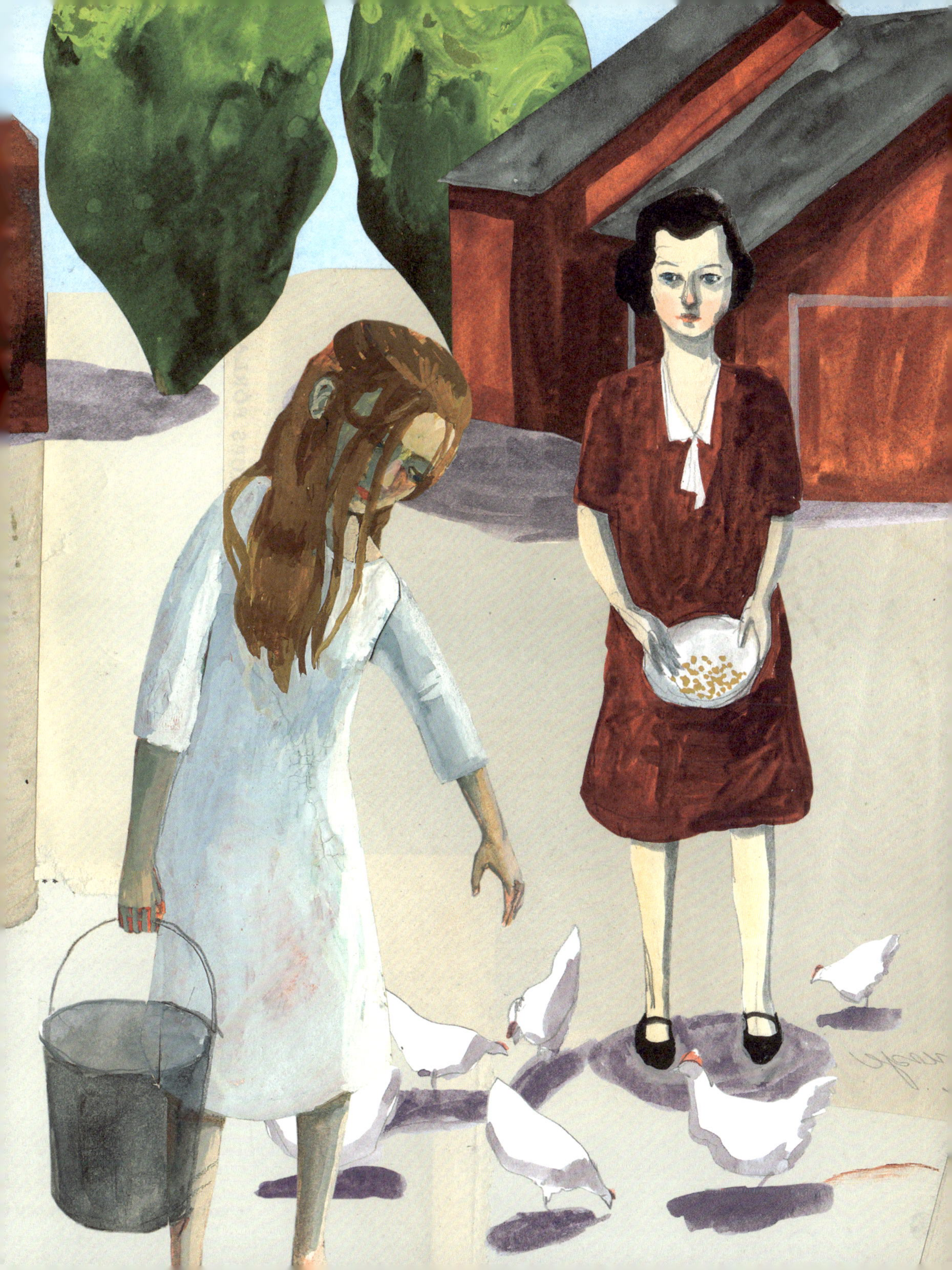

여름 풀밭에 소들이 나와 있다.
나는 소를 돌보는 일이 즐겁다.
이곳에선 누구의 방해도 없어 평화롭다.
나는 유한 외삼촌이 준 스케치북과 목탄을 가져간다.
나는 그림 그리는 일이 가장 좋다.
어츠바트, 릴리아, 그뤼넷, 셰레스타.
우리 소들은 참 온순하다.

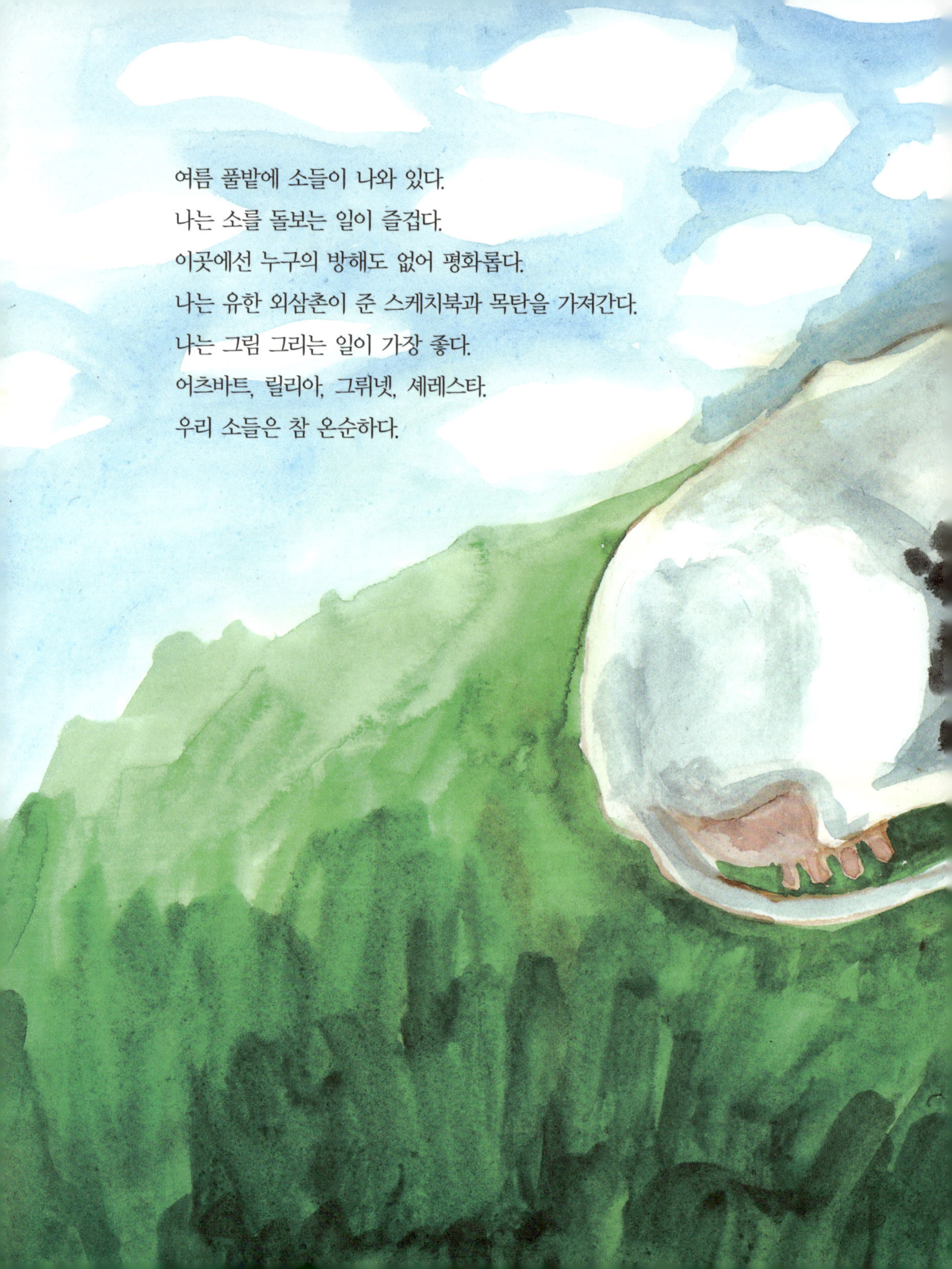

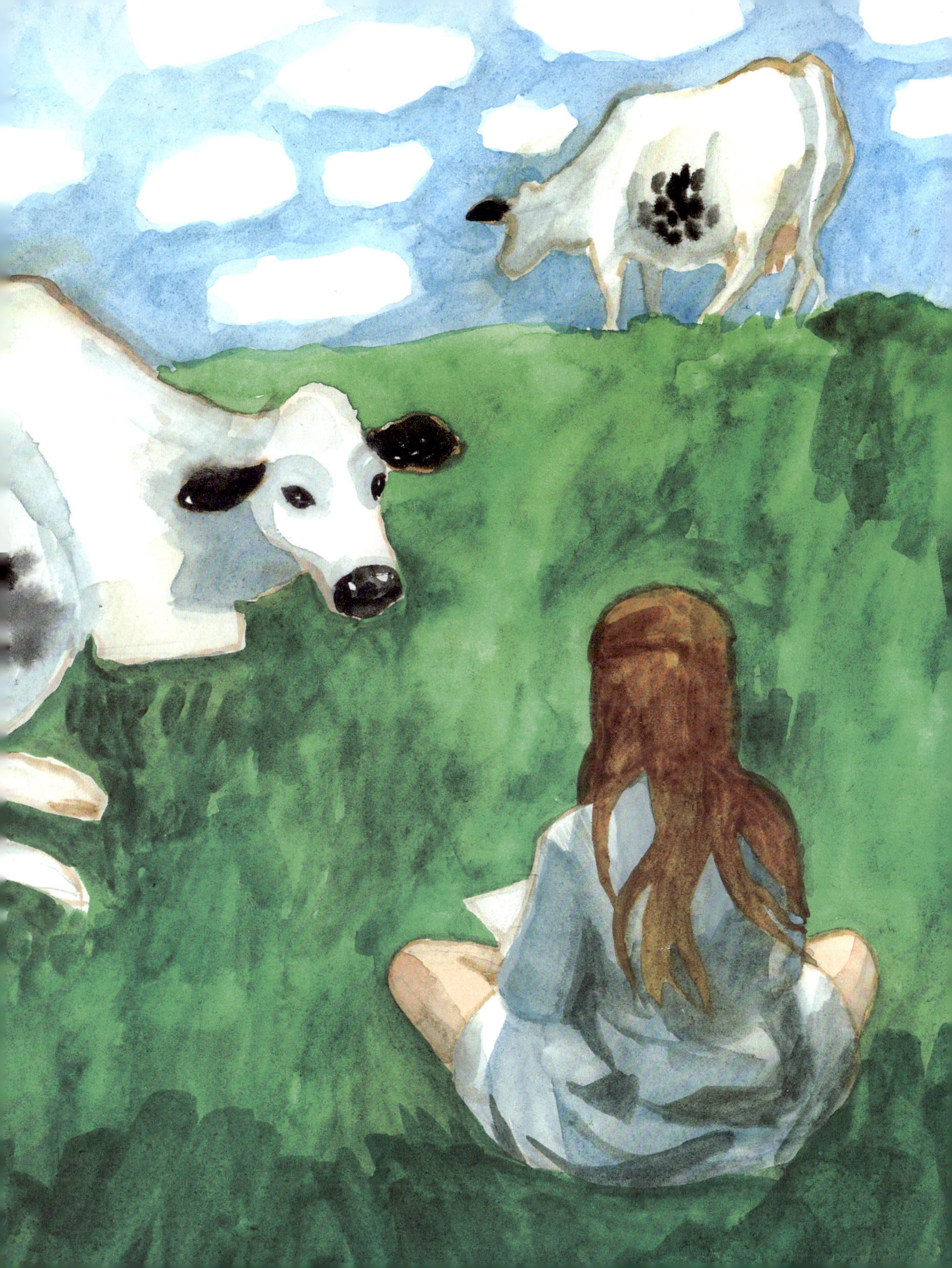

"당근을 그려 보자."
선생님이 그림을 가르쳐 준다.
우리는 점선이 그려진 종이와 빨간 크레용을 받는다.
"선을 벗어나지 않도록 그려라."
나는 우리 집 뒤뜰에서 자라는 당근을 떠올리며 손을 든다.
"선생님, 우리 집 당근들은 이렇게 생기지 않았어요.
제가 심은 당근을 그려도 되나요?"
그러자 선생님이 엄한 눈초리로 말한다.
"내가 시키는 대로 그려라."

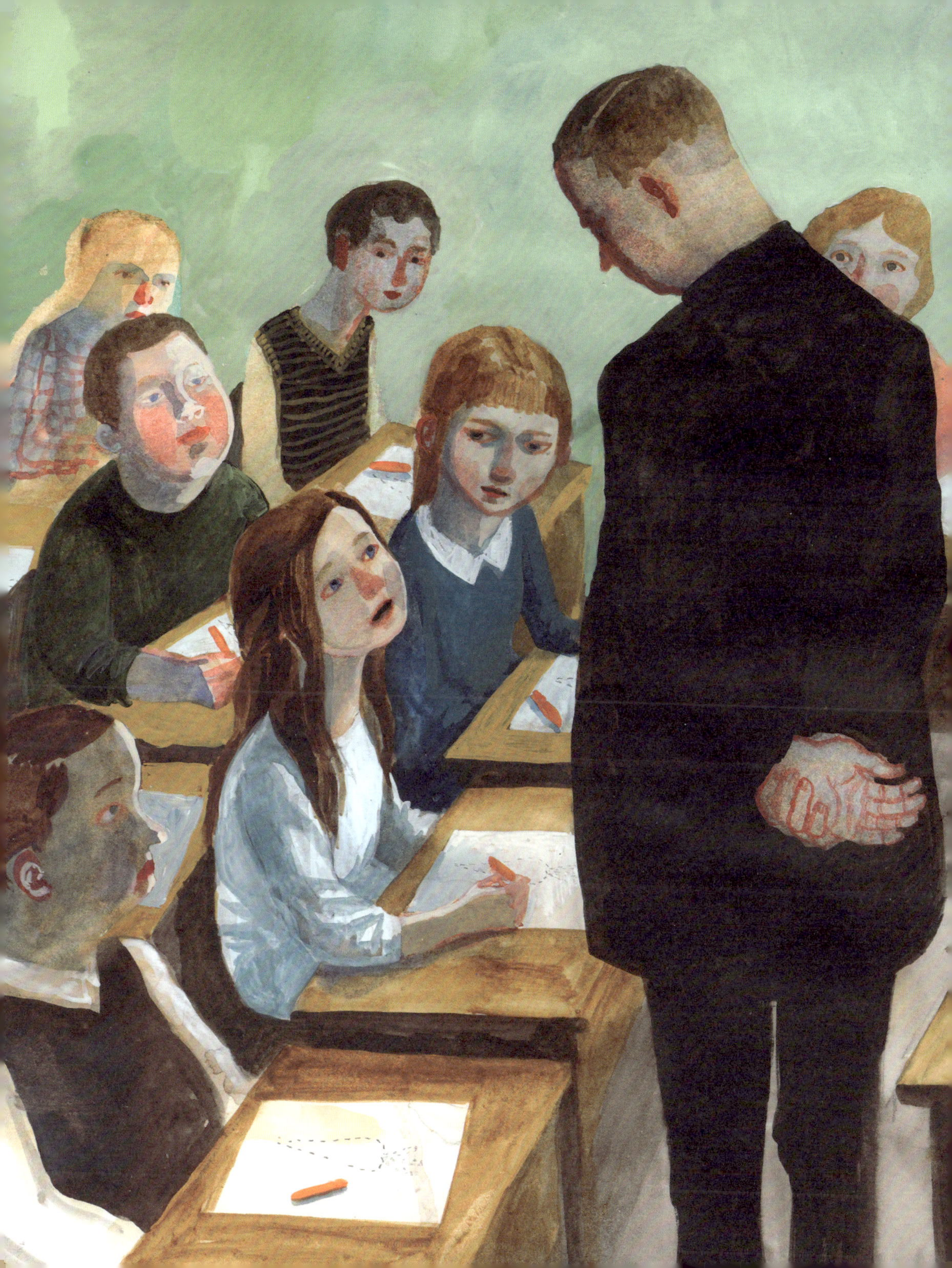

사물은 어떻게 보일까?
실제 모습은 어떨까?
나는 그림에 대해
곰곰이 생각해 본다.

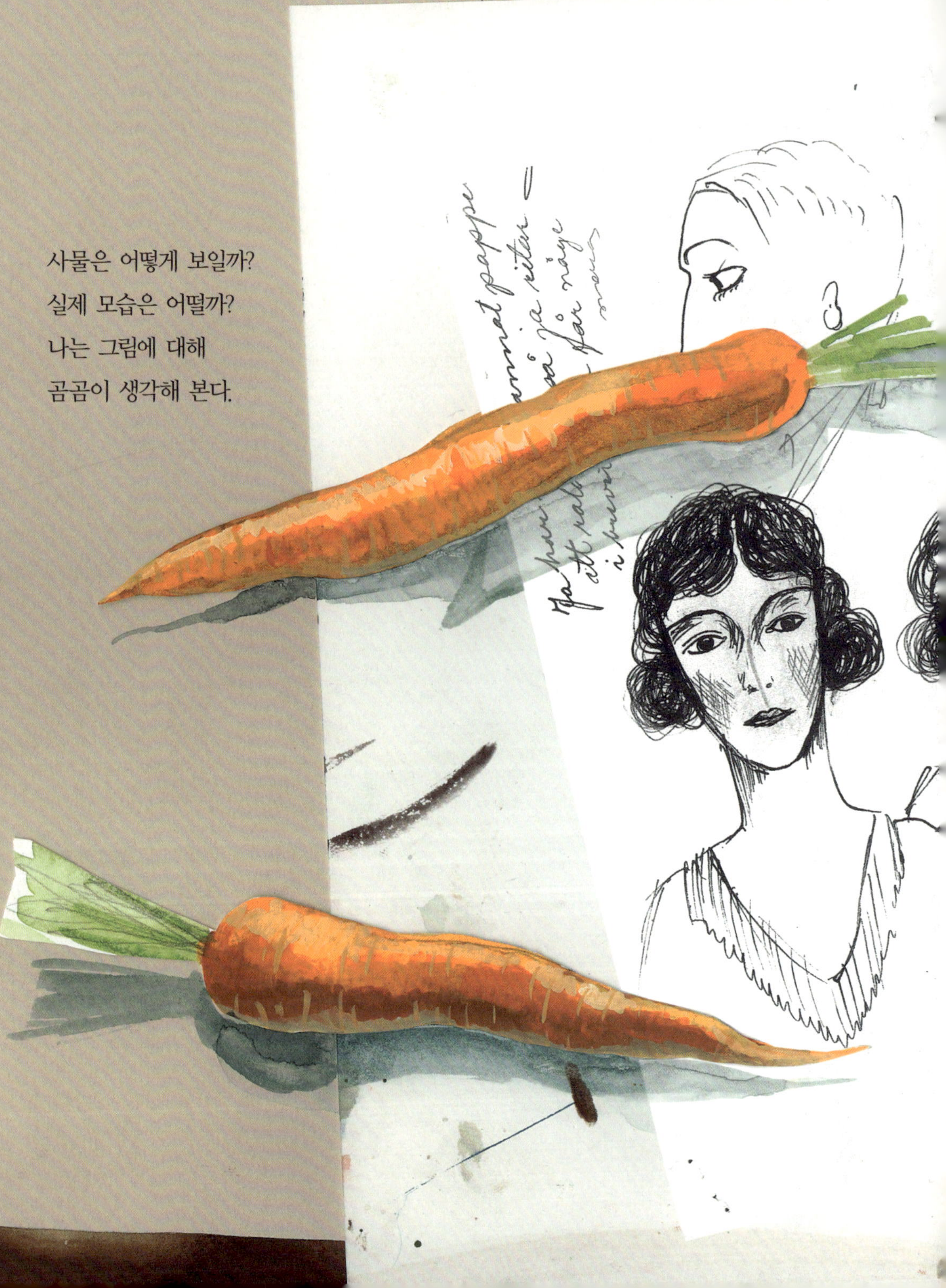

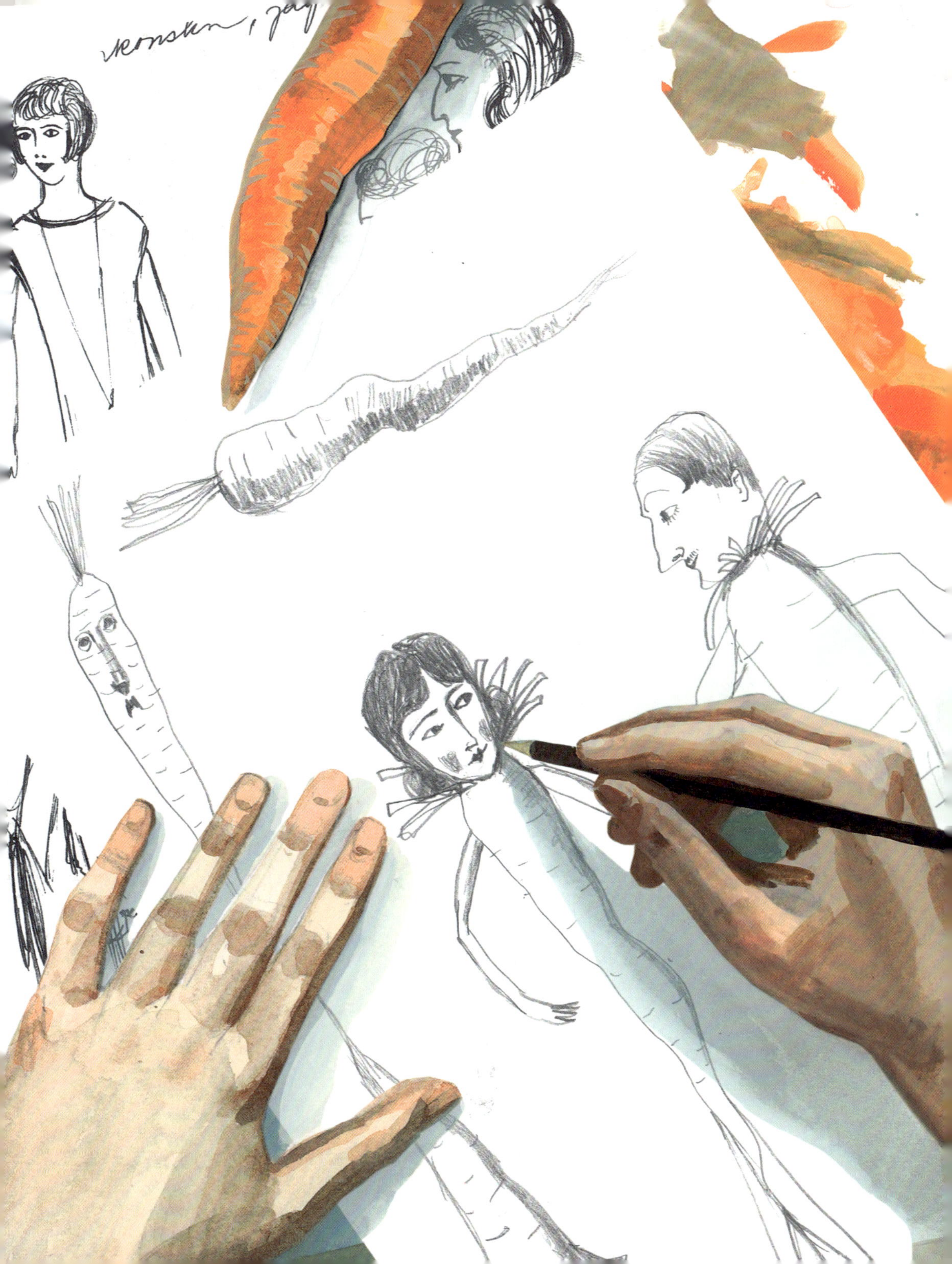
konsten, jag

엄마는 늘 침대에 누워 있다.
나는 침대 옆 탁자에 물을 한 잔 갖다 놓는다.
그리고 진흙 새를 꺼내 엄마에게 드린다.
엄마는 한참 동안 새를 바라본다.
그러고는 마른 진흙에 난 실금을 조심스레 어루만지며
중얼거린다.
"참 예쁘구나……."

엄마는 눈이 참 아름답다. 따뜻한 갈색이다.
엄마는 오래전부터 아팠다.
엄마는 늘 기침을 한다.
우리는 엄마 근처에 가면 안 된다.
그러면 병이 옮을 수 있다고 의사 선생님이 말했다.
엄마가 두 팔로 나를 안아 주면 좋겠다.
내가 아파도 괜찮다.

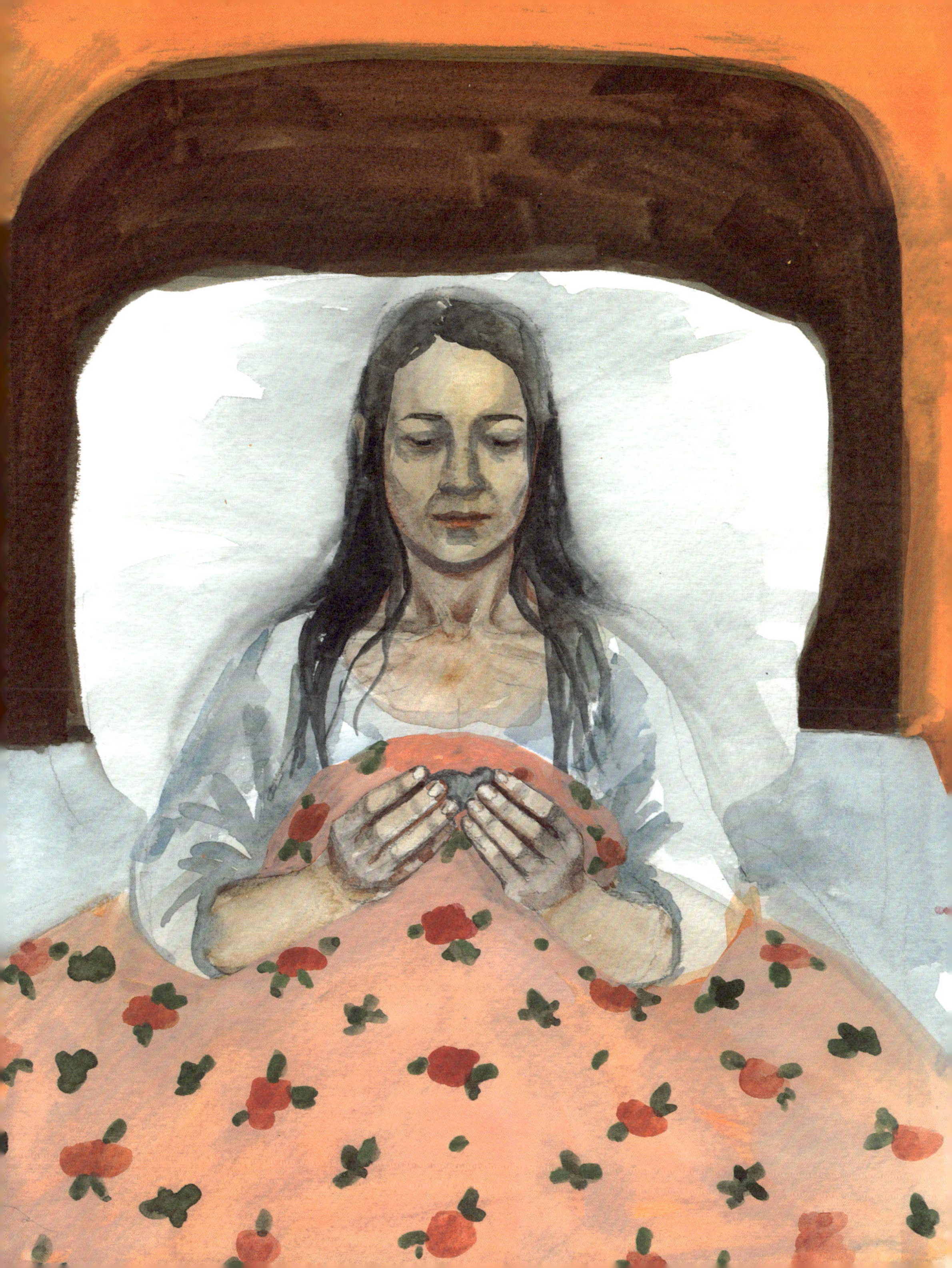

나는 틈만 나면 엄마 방을 찾는다.
아빠가 소리쳐 나를 찾으면,
엄마는 이렇게 대답한다.
"얘가 그림 좀 그리게 놔둬요!"
그러면 아빠는 뭐라고 대꾸하지 않는다.
나는 믿는다.
내가 그린 그림들과
내가 진흙으로 빚은 새들이
엄마를 살아 있게 한다고,
엄마의 건강을 지켜 준다고.

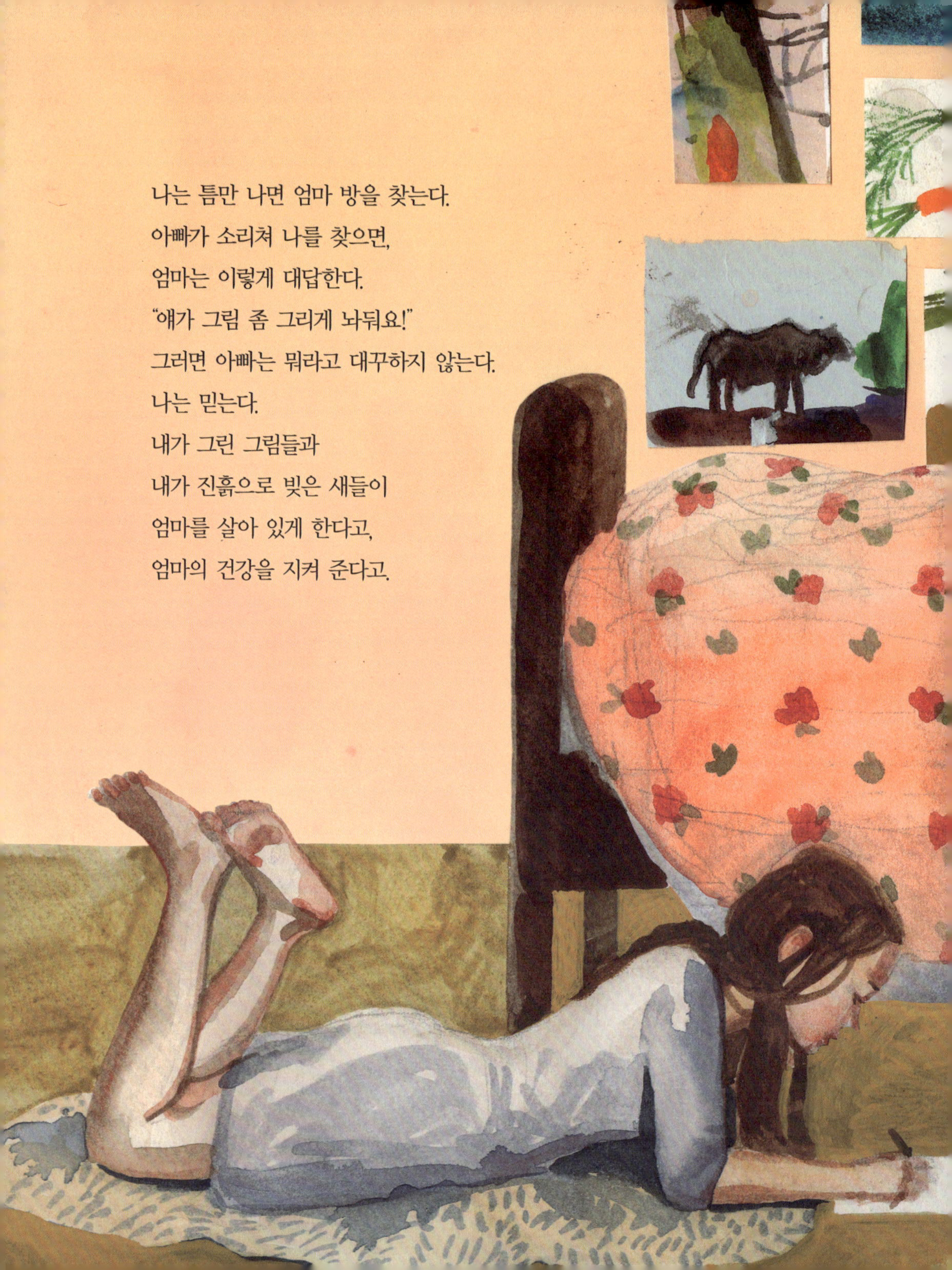

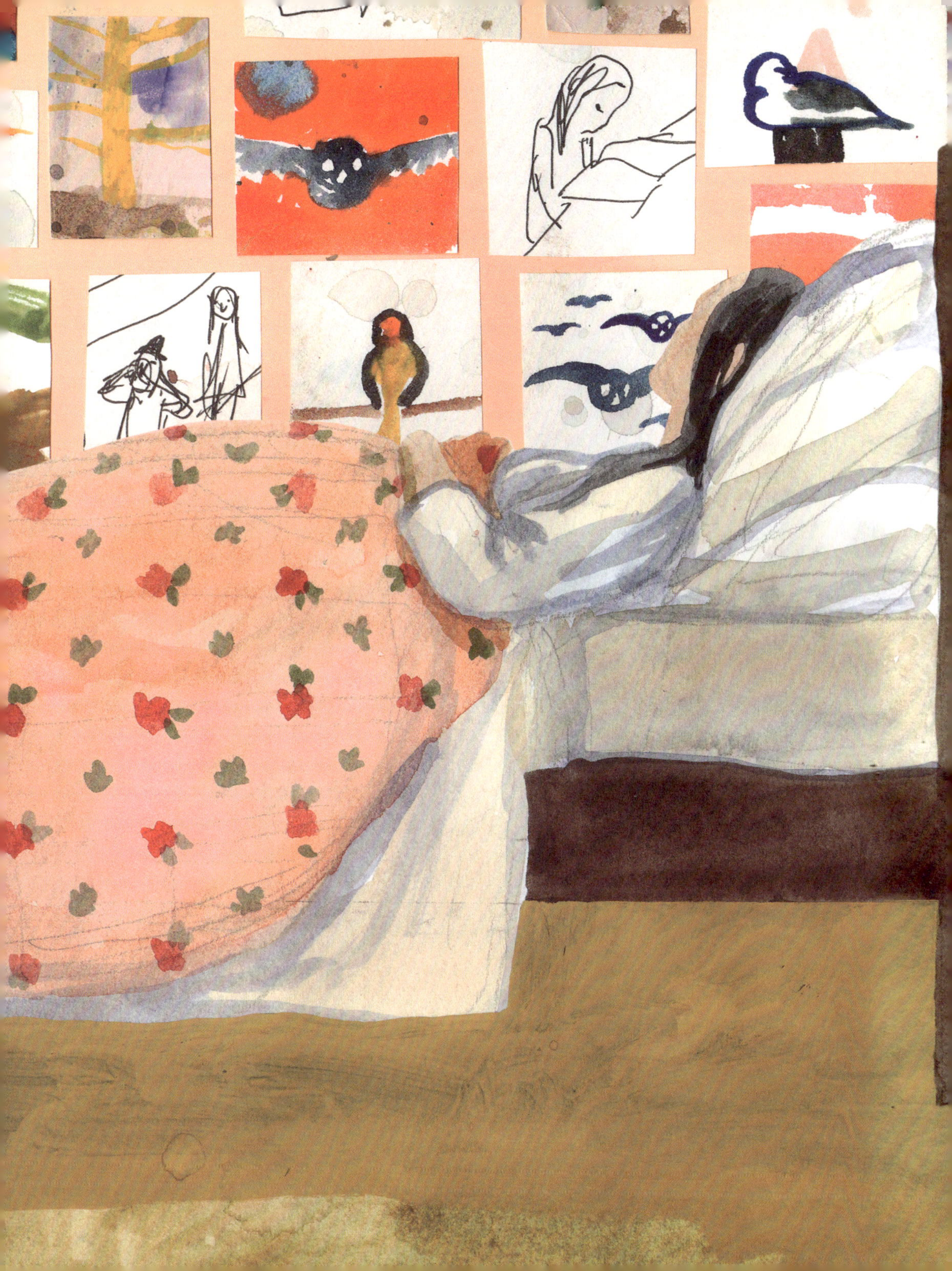

언제, 어떻게 병이 났는지 아무도 모른다.
엄마는 줄곧 열이 나고 피곤해 했다.
연신 기침까지 하게 되자, 의사 선생님은 폐결핵이라고 진단했다.
흉측한 검은 점들이 엄마의 폐를 채우고 있었다.
누군가 목탄을 가지고 폐에 들어가 있는 것처럼.

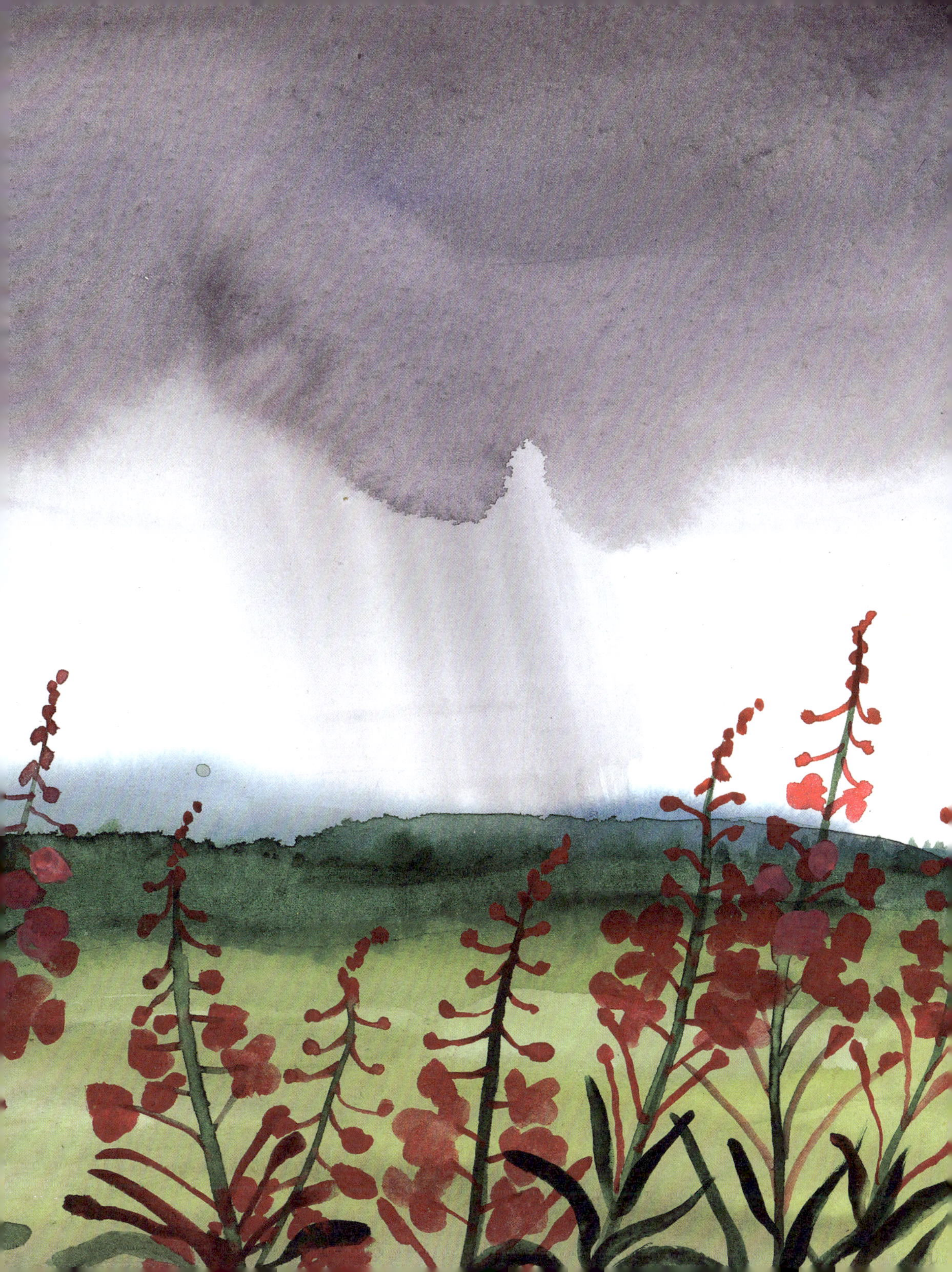

내가 어릴 때 엄마는 요양원에 가 있었다,
요양원은 햇볕이 따뜻하고 공기가 신선한 숲속에 있다.
나는 유한 외삼촌 집으로 가야 했다.
아빠가 나를 돌볼 수 없어서였다,

나는 엄마를 찾으며 울었다.
외삼촌이 가엾다는 눈길로 내 손을 잡고는
편안하고 집에서처럼 좋은 냄새가 풍기는 방으로 갔다.
그 방에 있으면 엄마 생각이 거의 나지 않았다.
나도 그림을 그리긴 했지만, 대부분은 보는 편이었다.

다른 사람들 눈에 비친 유한 외삼촌은 그저 평범한 농부였을 것이다.
하지만 내게는 너무도 멋진 그림을 그려 내는 요술쟁이였다.

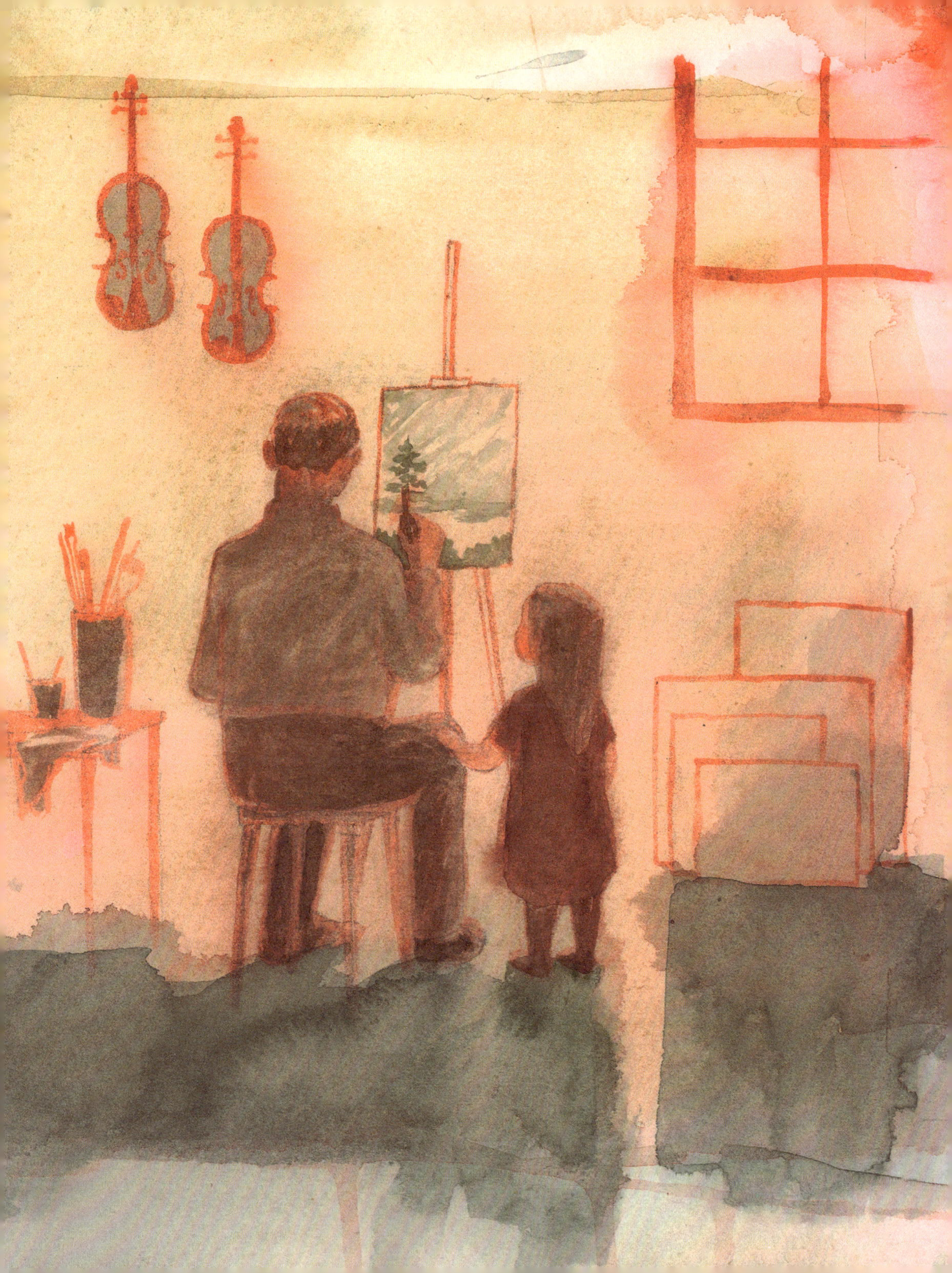

우리는 이따끔 의사 선생님에게 검진을 받는다.
기침 한 번에도 수백만 마리 세균이 퍼진단다.
나는 의사 선생님이 조금 무섭다.
의사 선생님은 누가 살고, 누가 죽는지를 어떻게 아는 것일까?
마을 사람들은 의사 선생님이 훌륭한 분이라고 한다.
그리고 진짜 예술가가 그린 멋진 그림들이
선생님 집에 걸려 있단다.

청진기가 얼음처럼 차갑다.
의사 선생님의 손이 서늘하면서도 조금 까슬까슬하다.
아빠 손과는 완전히 다르다.
내 손은 땀투성이다.
내가 컵에 침을 뱉으면,
의사 선생님이 그 침을 자세히 들여다보고 말한다.
"베타 양, 아주 건강해요."

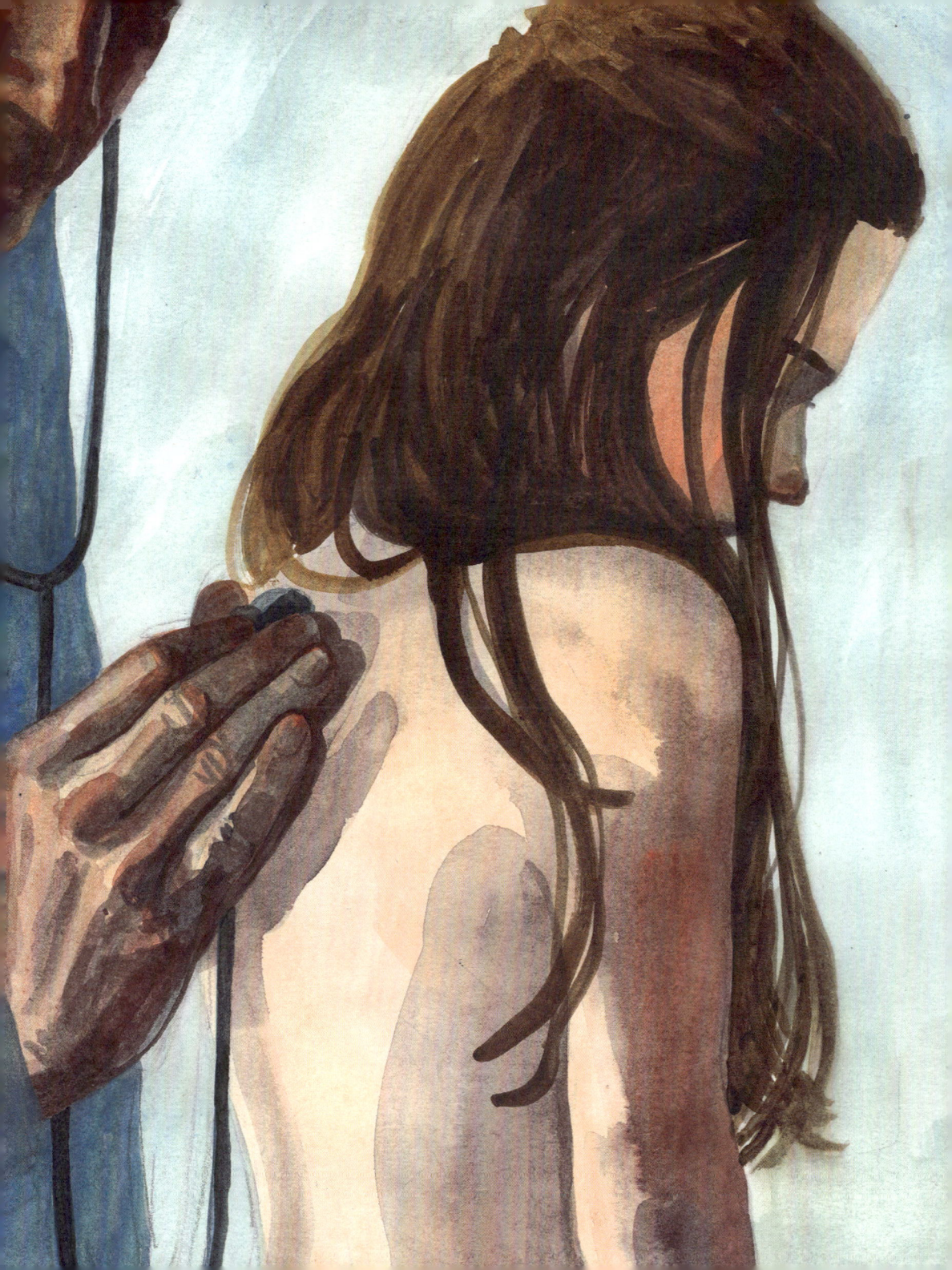

눈을 감고 더듬어 보면 마치 전기처럼 손에 얼얼한 느낌이 온다.
그래서 나는 유한 외삼촌이 준 이 그림을 좋아하나 보다.
외삼촌이 미켈란젤로 이야기를 들려준 적이 있다.
아주 오래전 이탈리아 어느 성당의 높은 천장에다
'천지 창조'라는 그림을 그린 예술가 이야기를.
처음엔 벌거벗은 아담의 모습이 당황스러웠다.
하지만 지금 나에게는 더없이 아름다운 그림이다.
가장 마음에 끌리는 부분은 아담과 하느님의 손이다.
닿을 듯 말 듯 서로를 향하는 손가락 말이다.

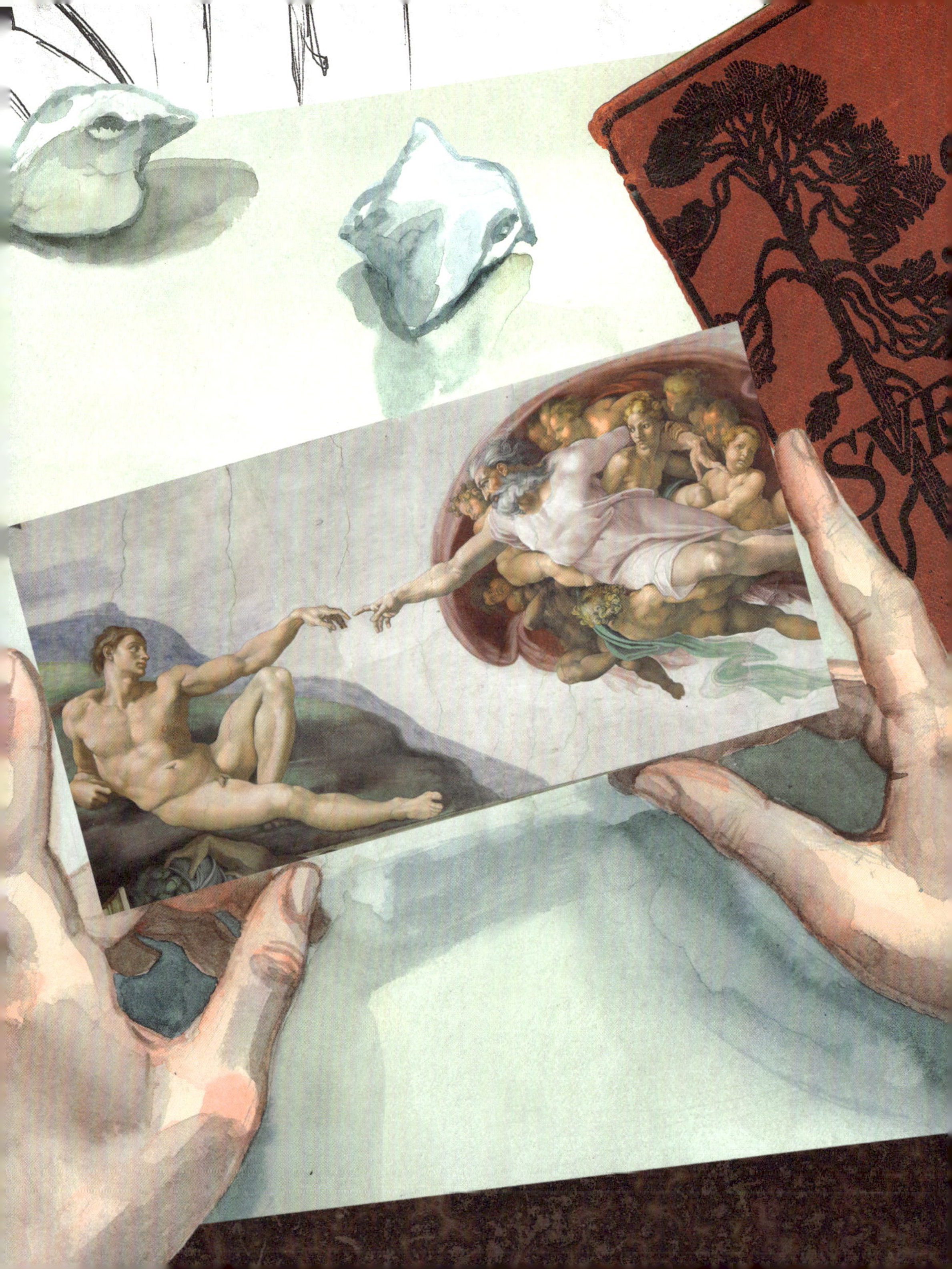

학교에서 그림을 그려 보려 하지만…… 쉽지 않다.
그런데 어느 순간, 하느님이 나를 가리키는 듯한 느낌이 든다.
나는 종이에 나를 그려서 아담 위에 겹쳐 놓는다.
그러자 하느님이 아담 대신 나를 창조하는 것처럼 보인다.

같은 반 아이인 울로프가 지나다가 내가 무얼 하는지 묻는다.
대답하고 싶지만, 내 말은 생각과 어긋난다.
울로프가 내가 그린 그림을 낚아채더니
모두에게 들어 보이며 외친다.
"바보야, 네 주제를 알아야지!"
선생님이 들어와 교실의 소란을 가라앉히고는,
다시는 이 그림을 보이지 말라고 나에게 당부한다.

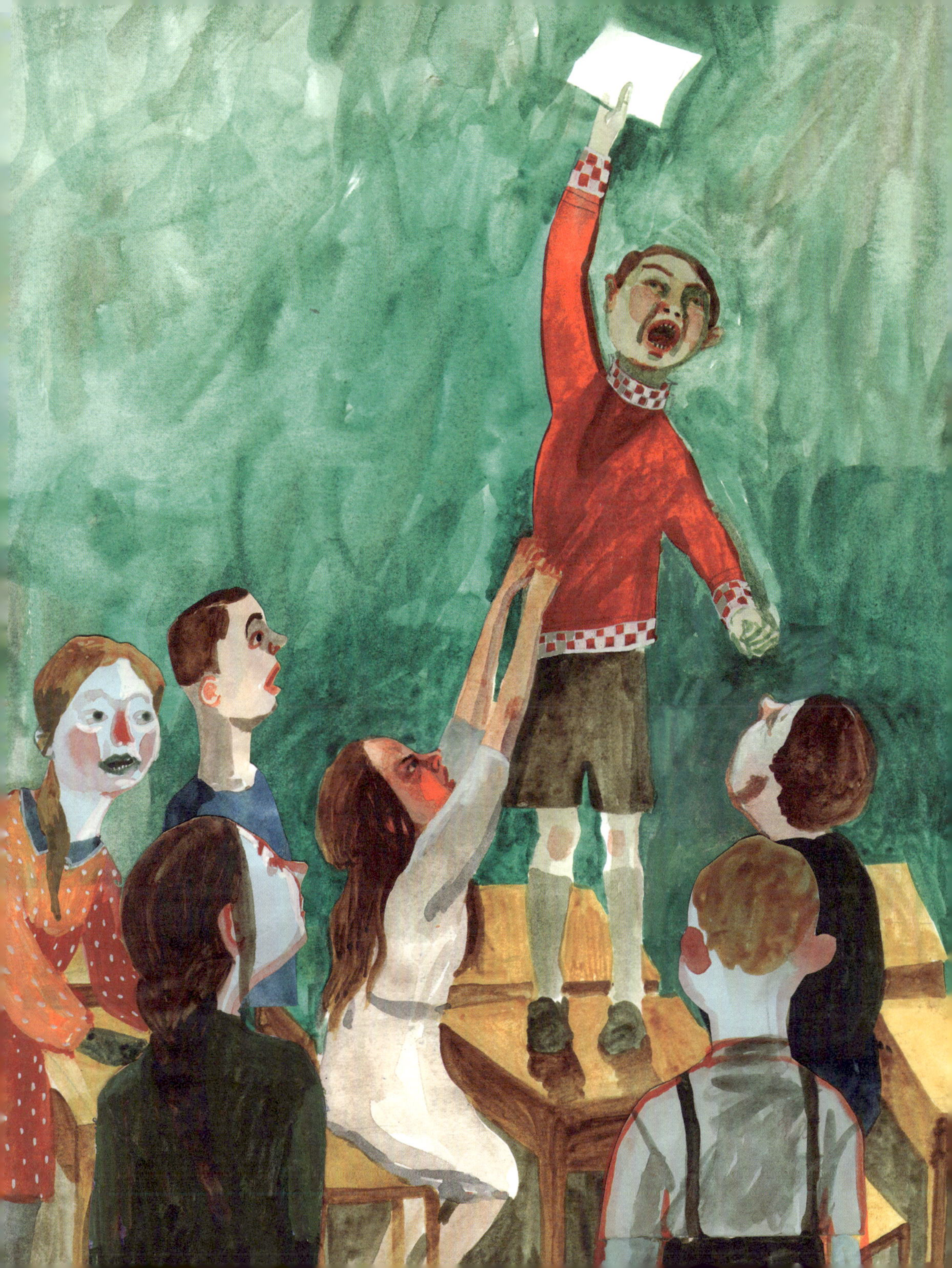

"신경 쓰지 마. 울로프가 너를 좋아하나 봐."
군나 언니가 나를 달랜다.
"집에 갈게."
내가 대답한다.

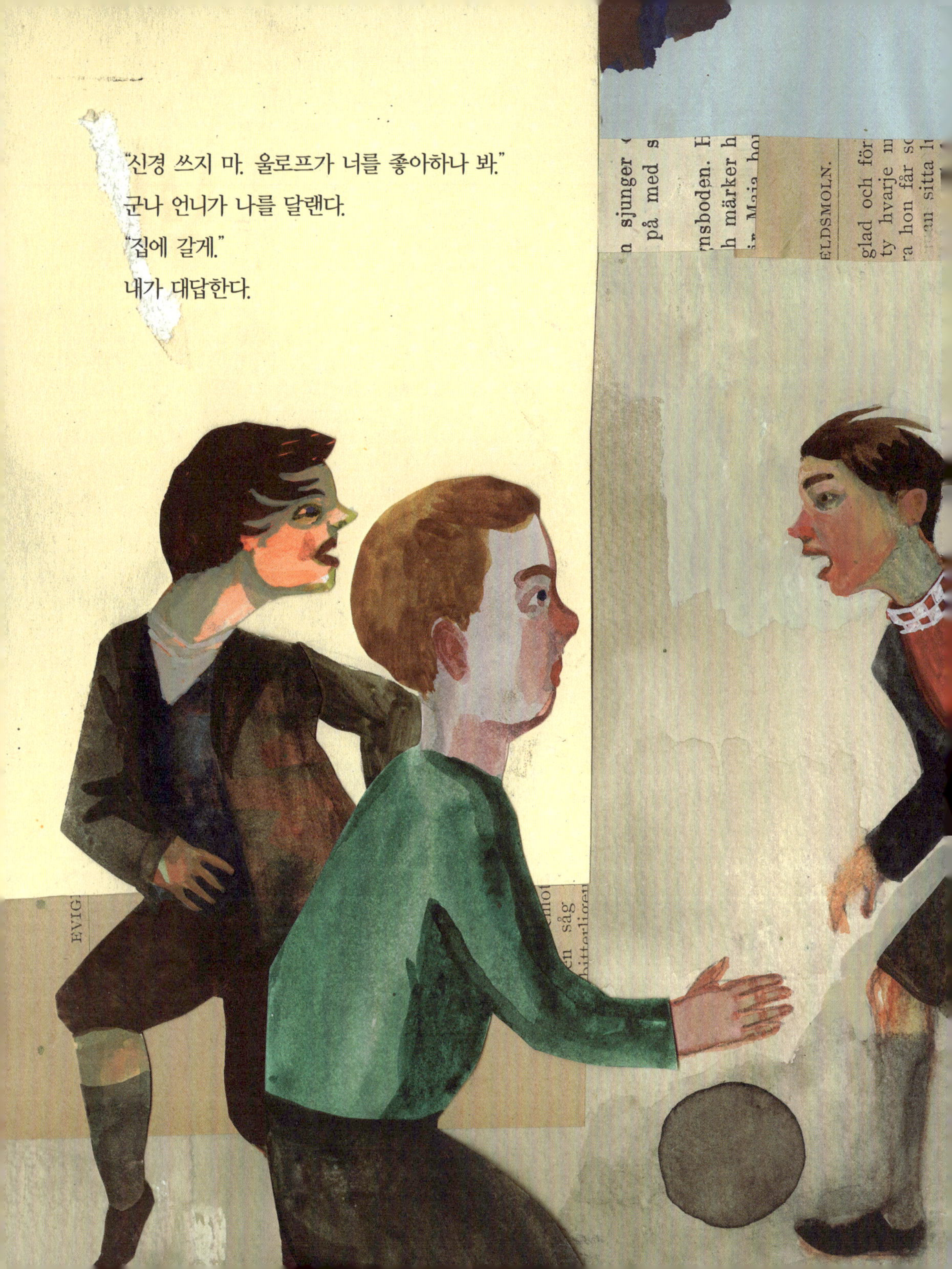

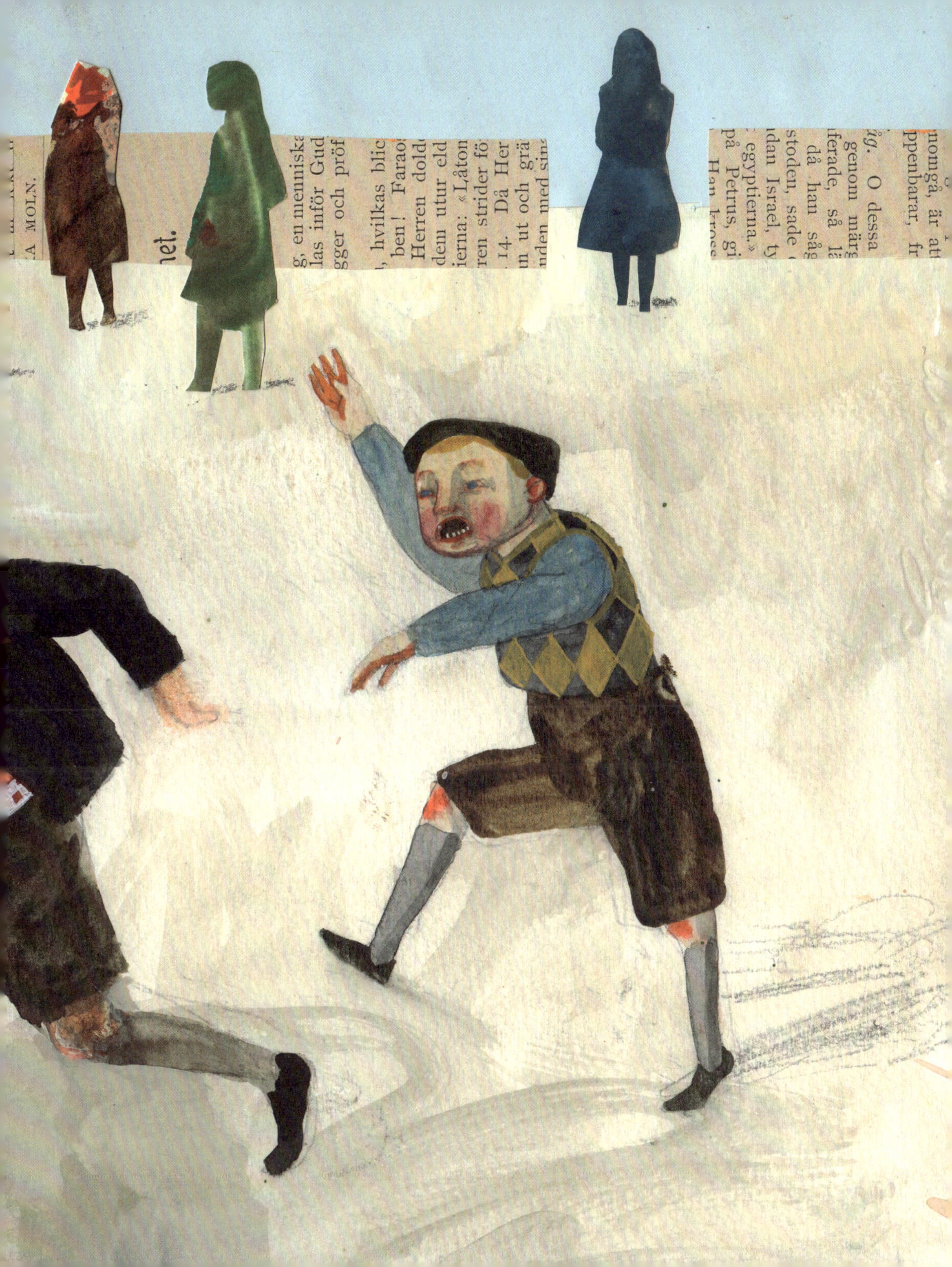

어른이 되면 화가가 되고 싶다.
미켈란젤로 같은.
하지만 나는 당당하게 말하지 못한다.
예술가는 진짜 직업이 아니니까.
그러면 아무것도 아닌 게 되는 것이다.
여자라면 특히 그렇다.
누구보다도 아빠는 그렇게 생각한다.

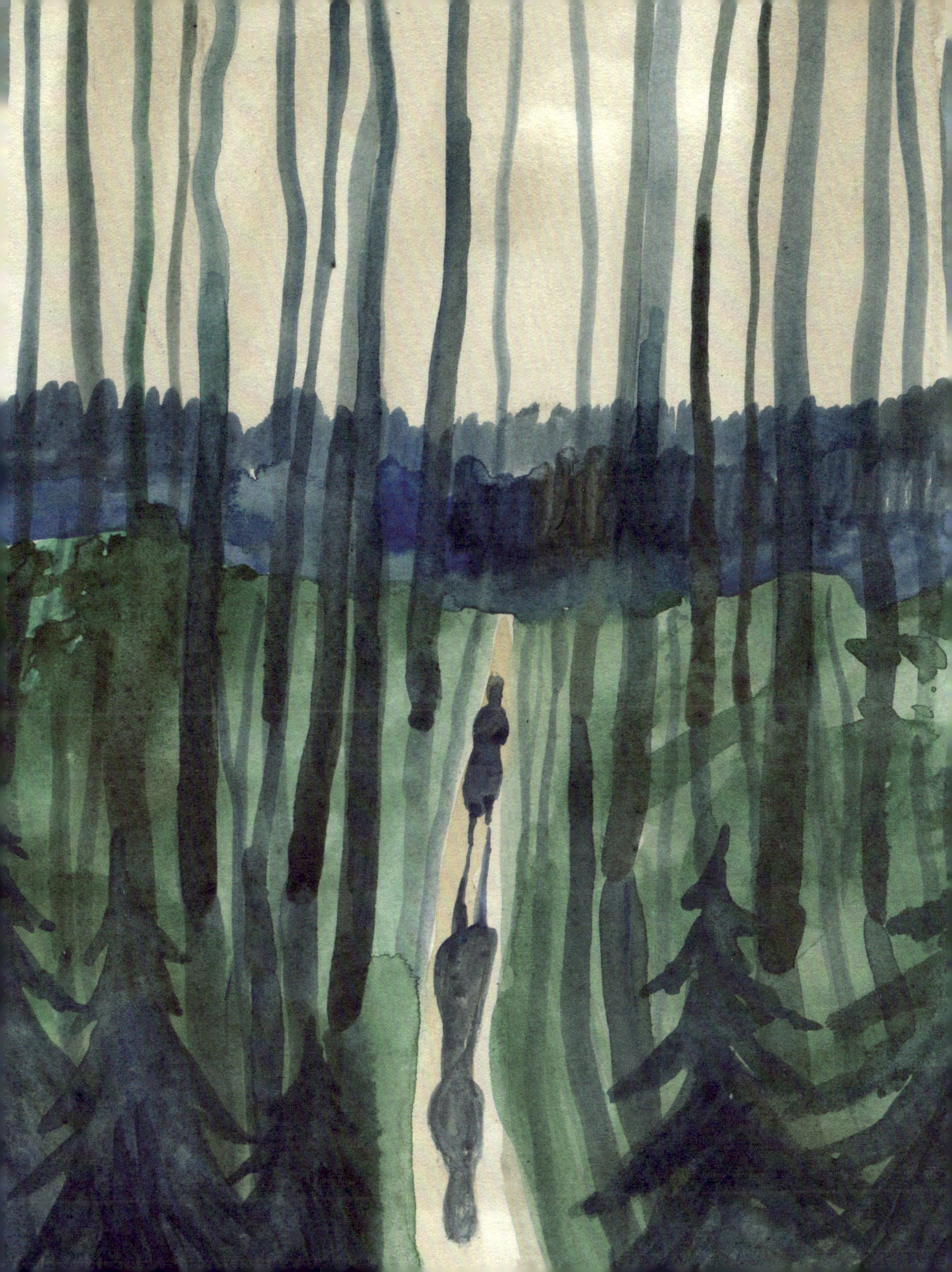

집 앞을 흐르는 개울에는 진흙이 쌓여 있다.
진흙은 보드랍고 차가워서 잘 빚어진다.
나는 진흙으로 무엇이든 만들 수 있다.
나는 새를 만든다.

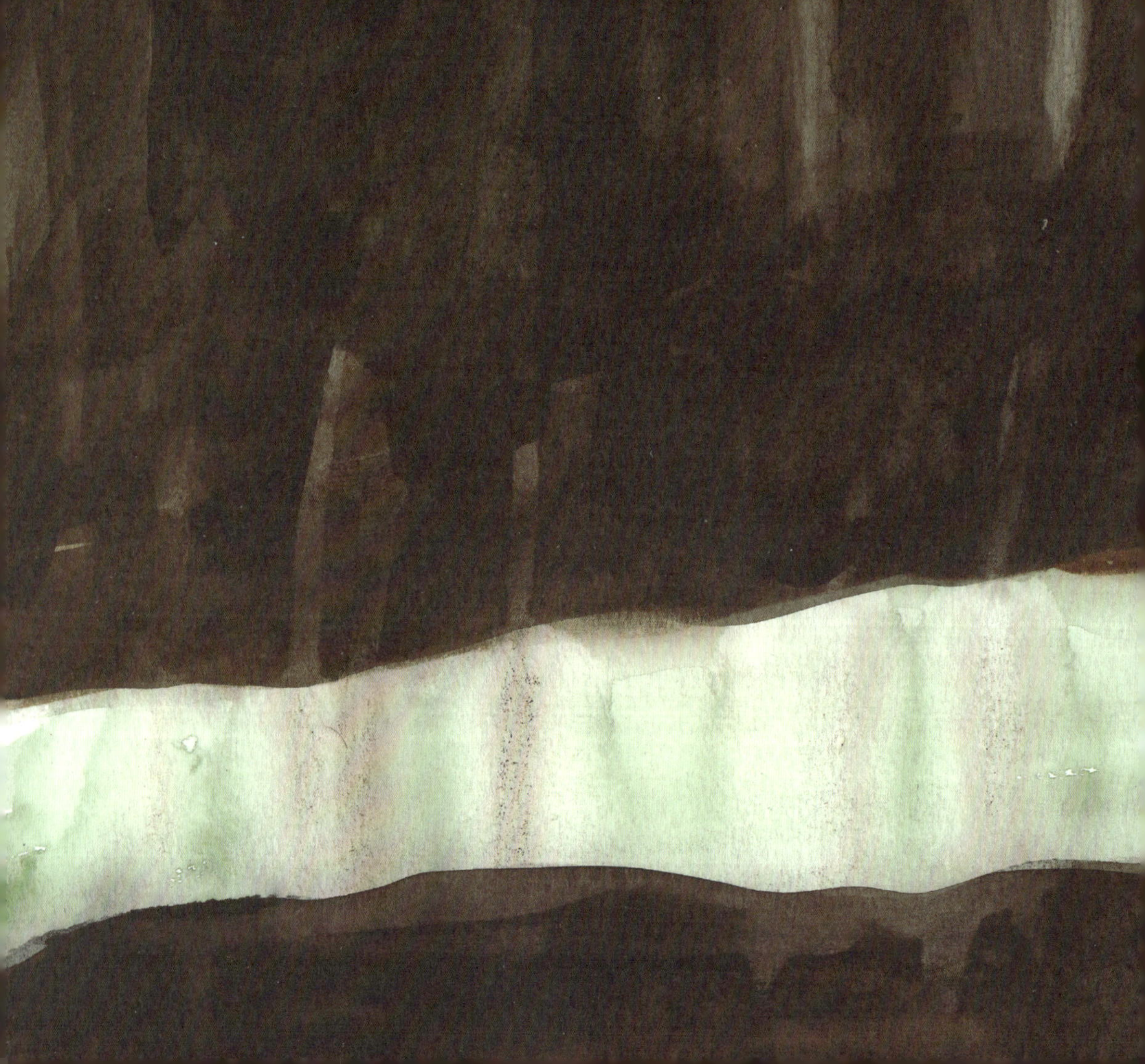

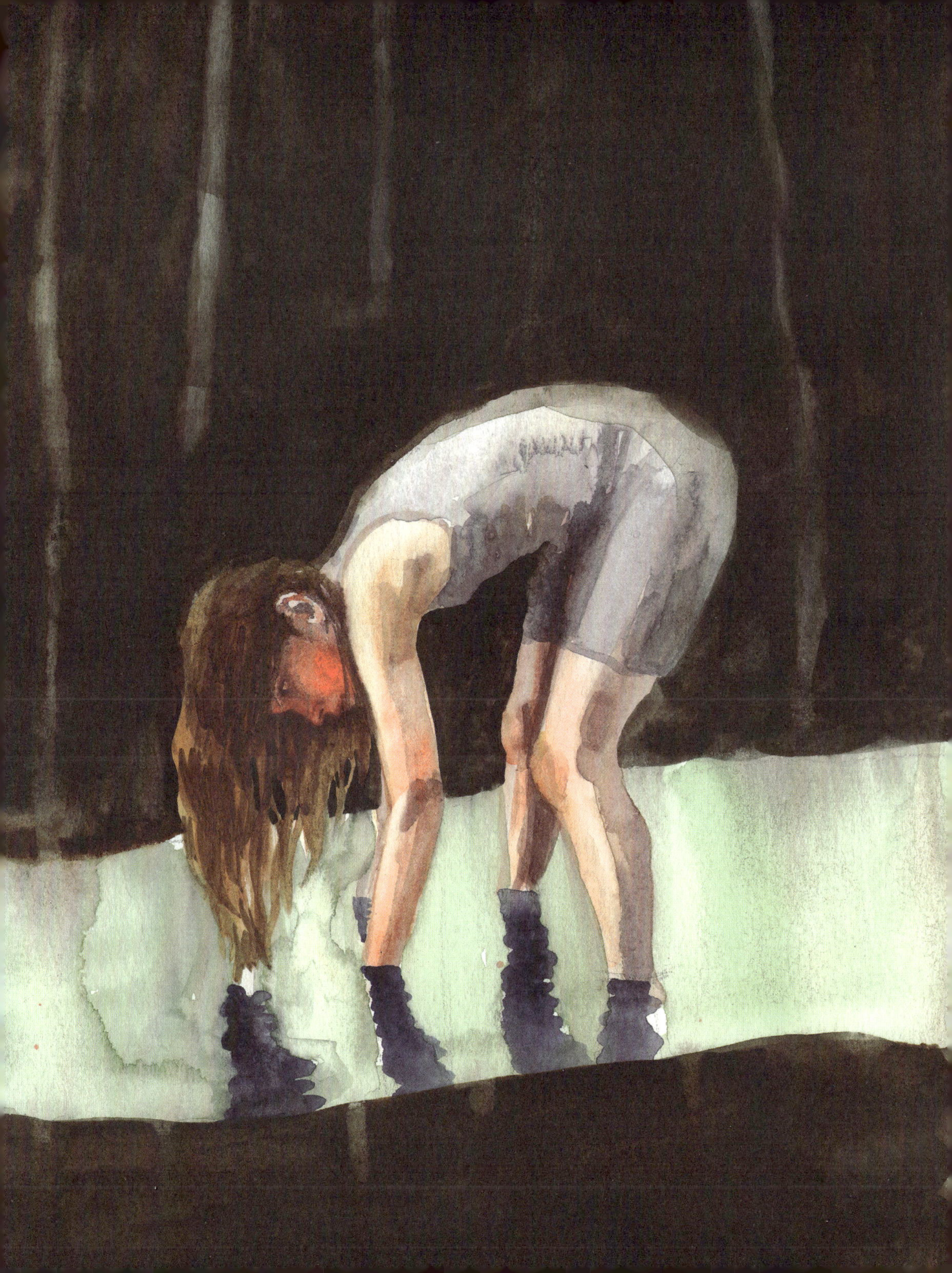

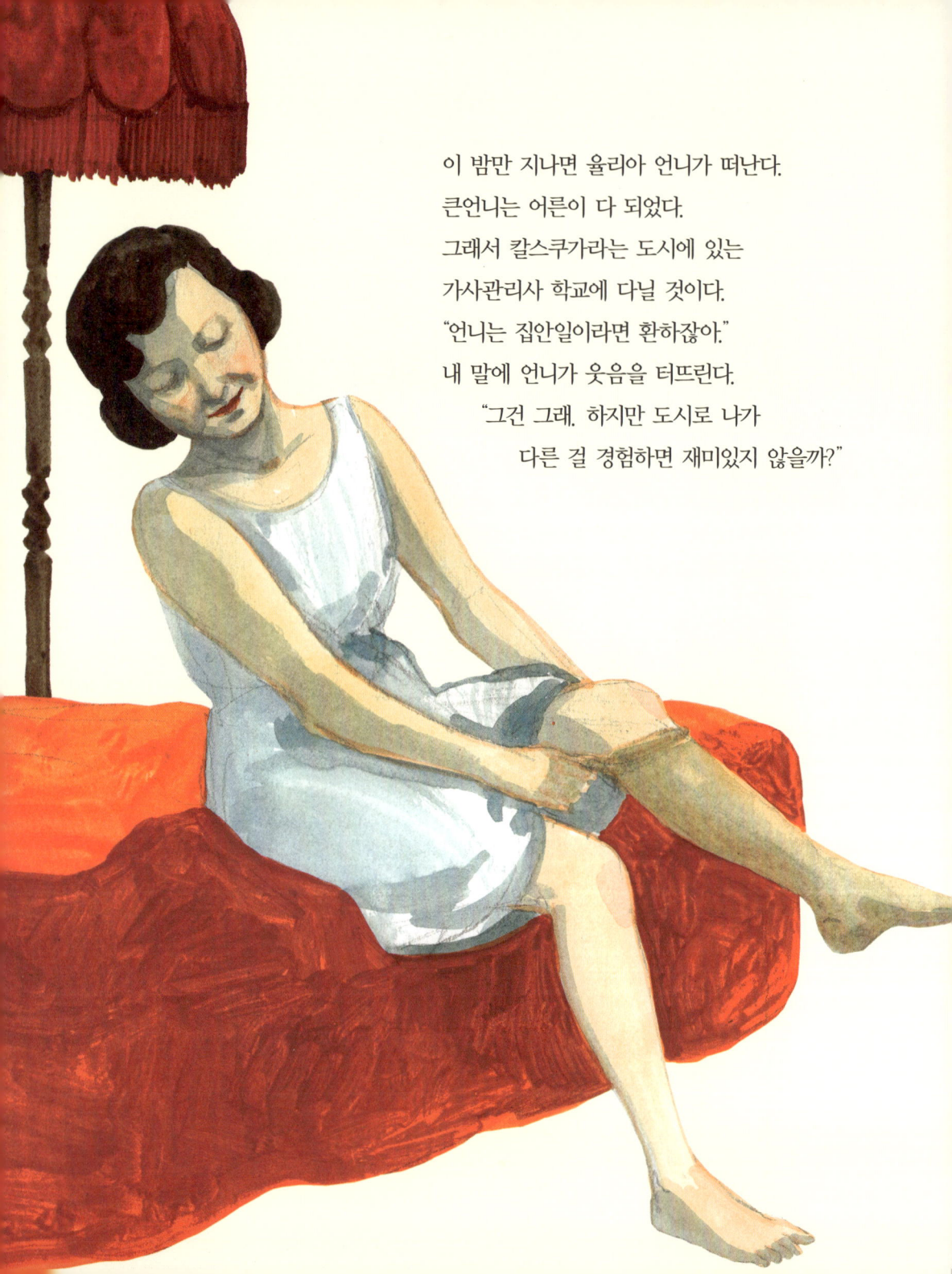

이 밤만 지나면 율리아 언니가 떠난다.
큰언니는 어른이 다 되었다.
그래서 칼스쿠가라는 도시에 있는
가사관리사 학교에 다닐 것이다.
"언니는 집안일이라면 환하잖아."
내 말에 언니가 웃음을 터뜨린다.
　　　"그건 그래. 하지만 도시로 나가
　　　　　다른 걸 경험하면 재미있지 않을까?"

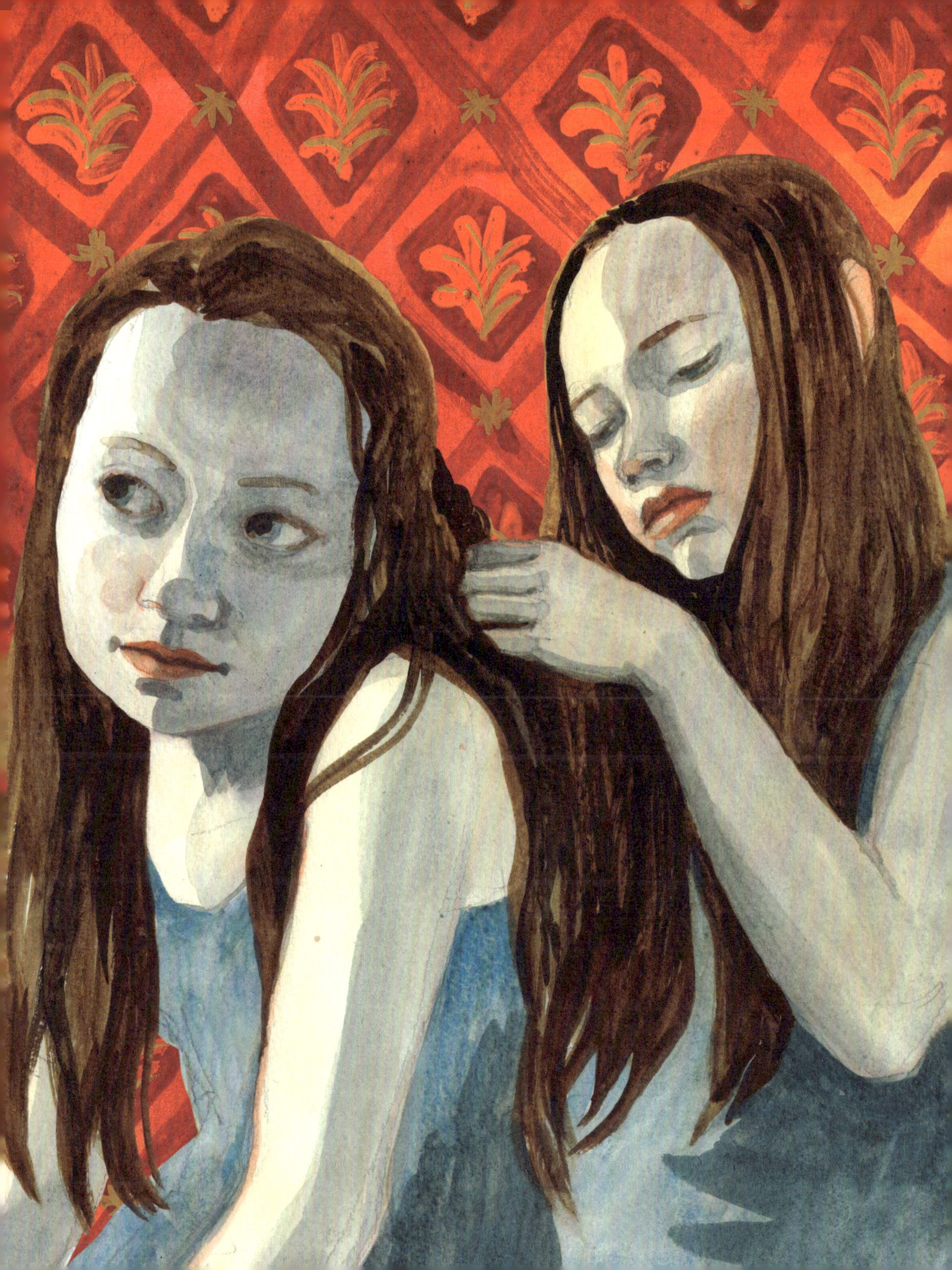

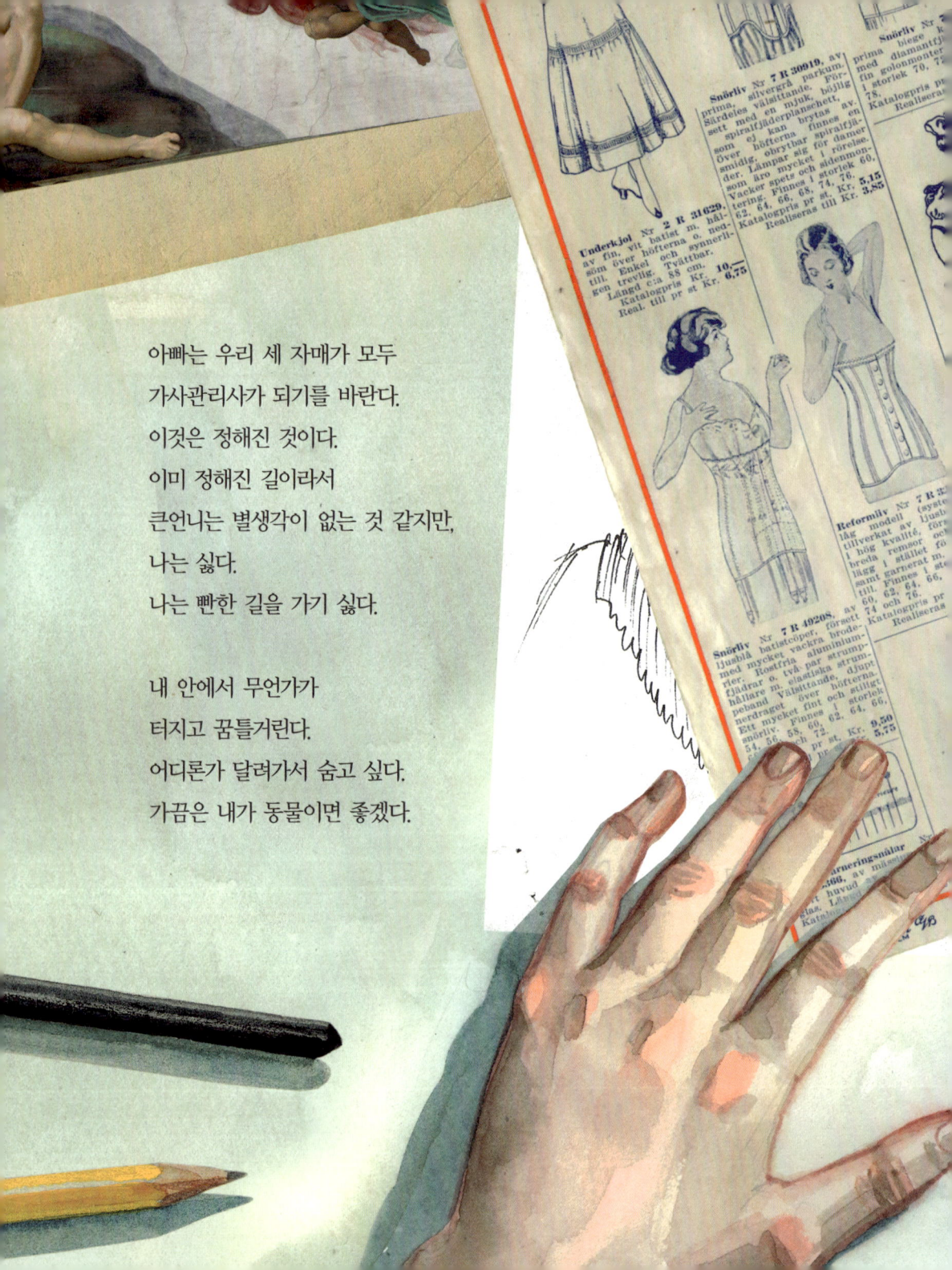

아빠는 우리 세 자매가 모두
가사관리사가 되기를 바란다.
이것은 정해진 것이다.
이미 정해진 길이라서
큰언니는 별생각이 없는 것 같지만,
나는 싫다.
나는 빤한 길을 가기 싫다.

내 안에서 무언가가
터지고 꿈틀거린다.
어디론가 달려가서 숨고 싶다.
가끔은 내가 동물이면 좋겠다.

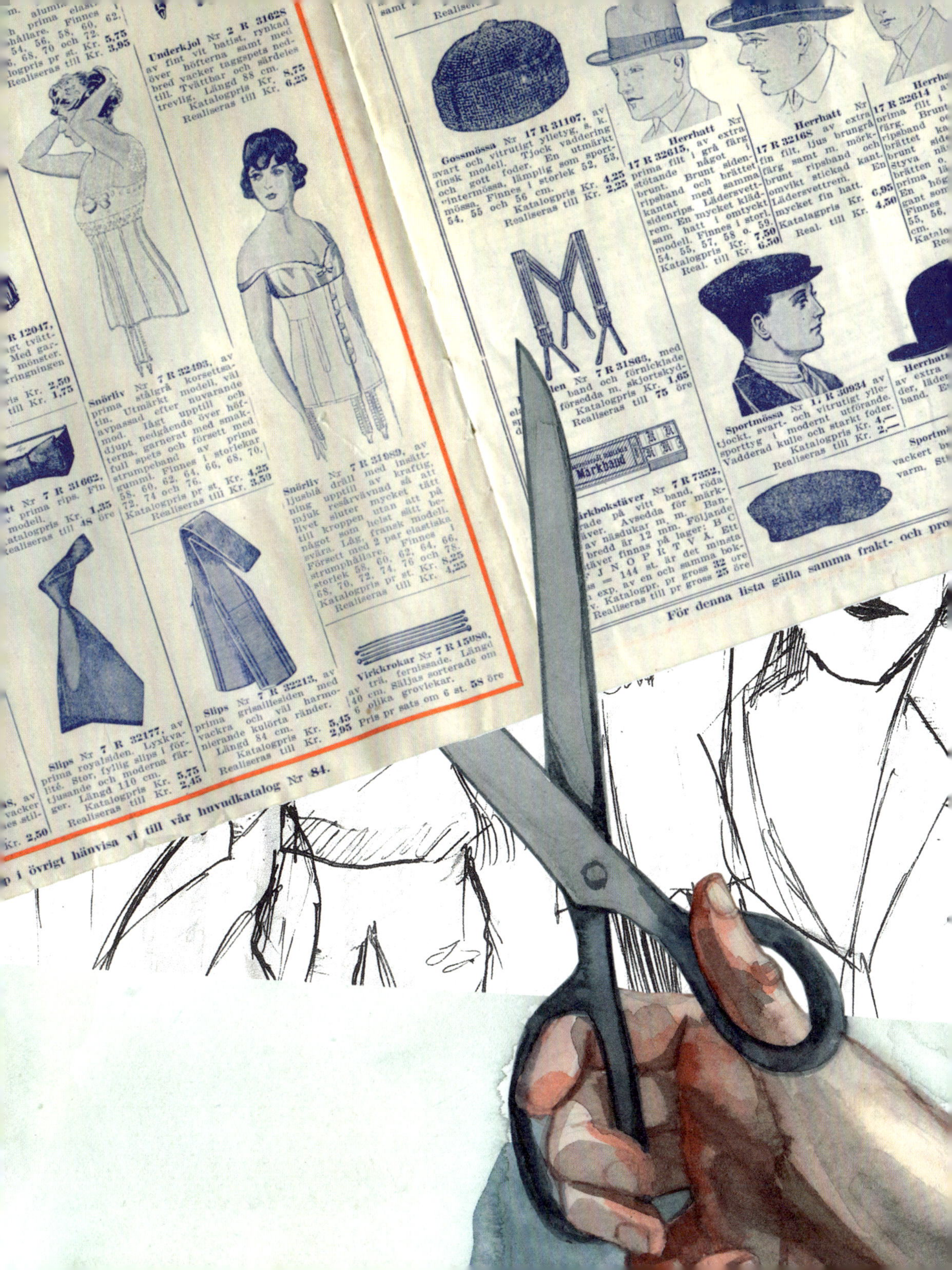

Underkjol Nr 2 R 31628
Snörliv Nr 7 R 32493
Snörliv Nr 7 R 31989
Slips Nr 7 R 32177
Slips Nr 7 R 32213
Virkkrokar Nr 7 R 15980
Pris pr sats om 6 st. 58 öre
i övrigt hänvisa vi till vår huvudkatalog Nr 84.
Gossmössa Nr 17 R 31107
Herrhatt
Herrhatt
Sportmössa Nr 17 R 30934
Märkband
Märkbokstäver Nr 7 R 7352
För denna lista gälla samma frakt- och pro

날씨가 추워지면서 개울에 얼음이 얇게 얼었다.
진흙을 퍼 오기가 힘들다.
어쩌면 잘된 일인지도 모른다.
큰언니가 떠난 빈자리를 채워야 하니까.
아빠는 가장 먼저 일어나서 벽난로에 불을 지피고는 나를 깨운다.
나는 서둘러 우유를 짜야 한다.
그리고 학교로 달려가기 전에 잠시 시간이 나면 엄마에게 간다.
엄마는 밤에도 좀처럼 잠을 자지 못한다.
쉬지 않고 기침을 한다.

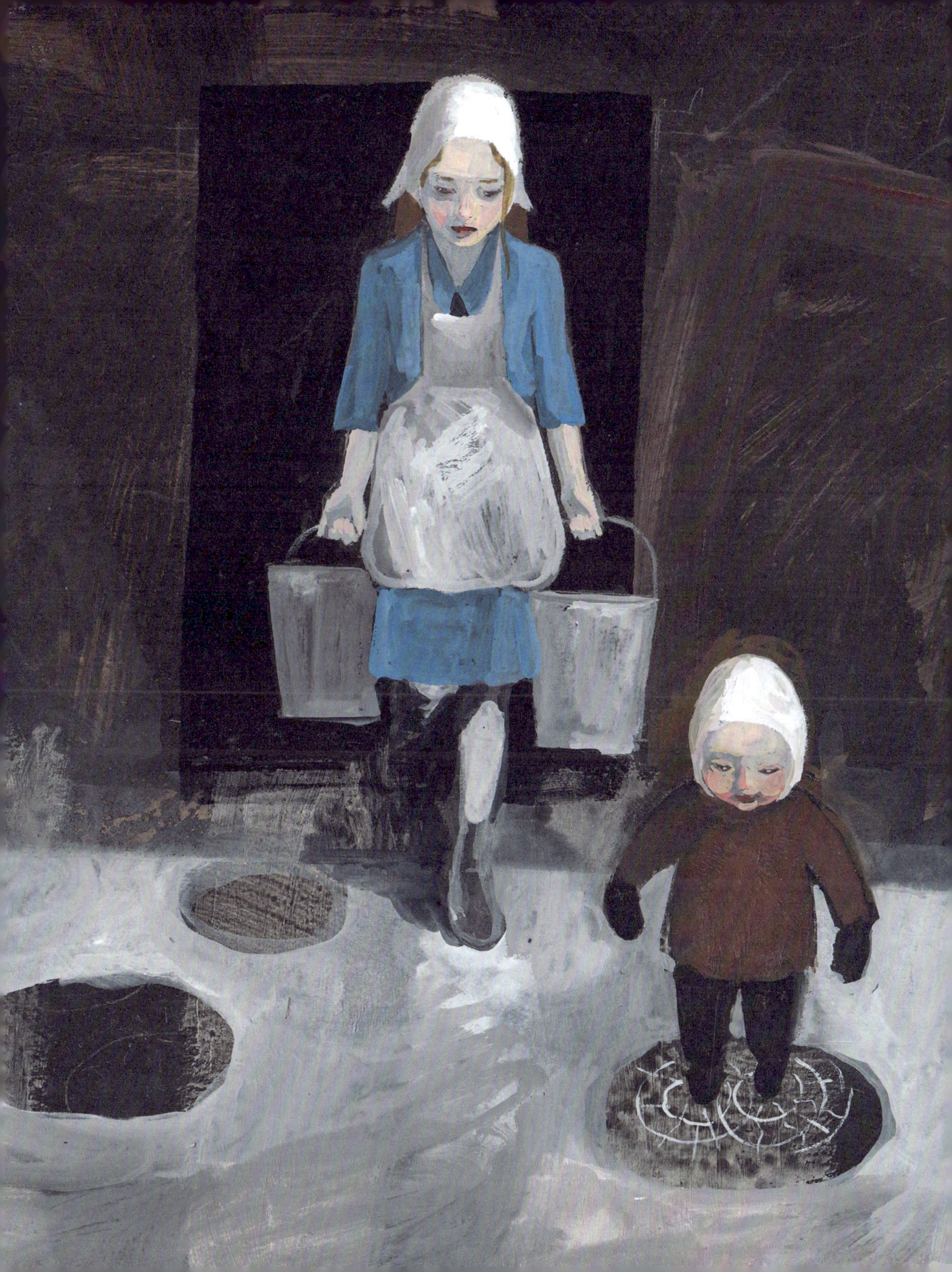

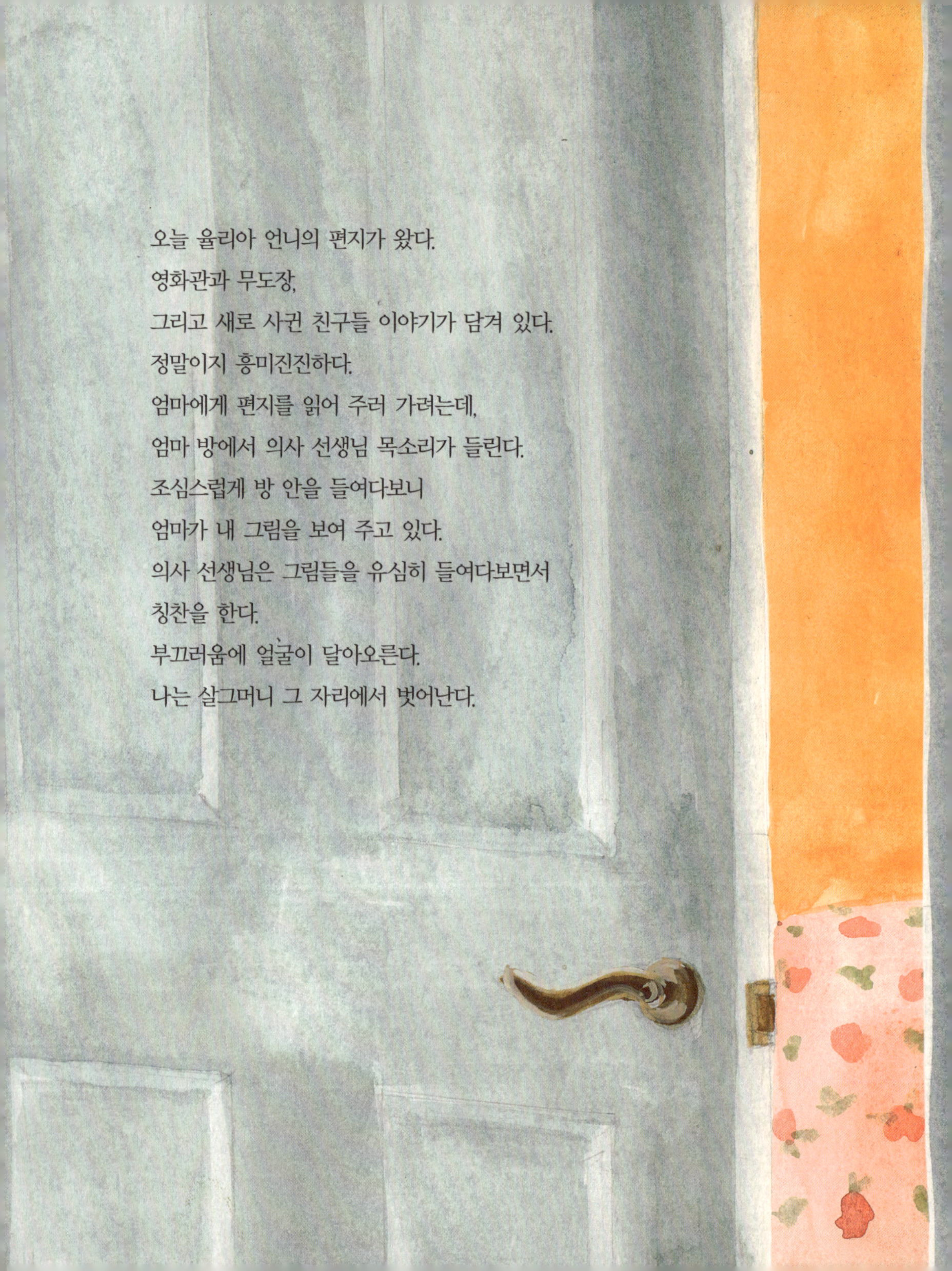

오늘 율리아 언니의 편지가 왔다.
영화관과 무도장,
그리고 새로 사귄 친구들 이야기가 담겨 있다.
정말이지 흥미진진하다.
엄마에게 편지를 읽어 주러 가려는데,
엄마 방에서 의사 선생님 목소리가 들린다.
조심스럽게 방 안을 들여다보니
엄마가 내 그림을 보여 주고 있다.
의사 선생님은 그림들을 유심히 들여다보면서
칭찬을 한다.
부끄러움에 얼굴이 달아오른다.
나는 살그머니 그 자리에서 벗어난다.

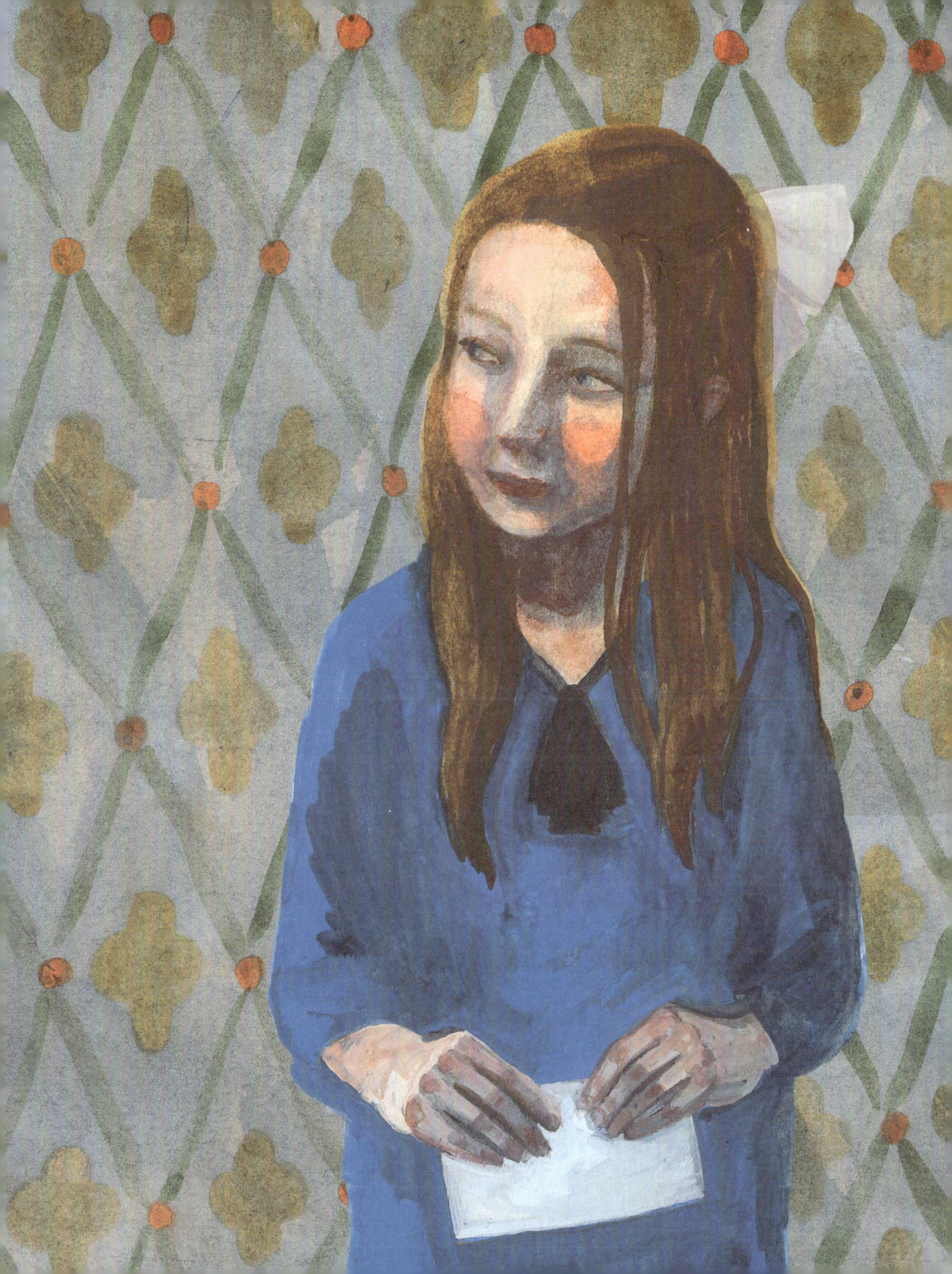

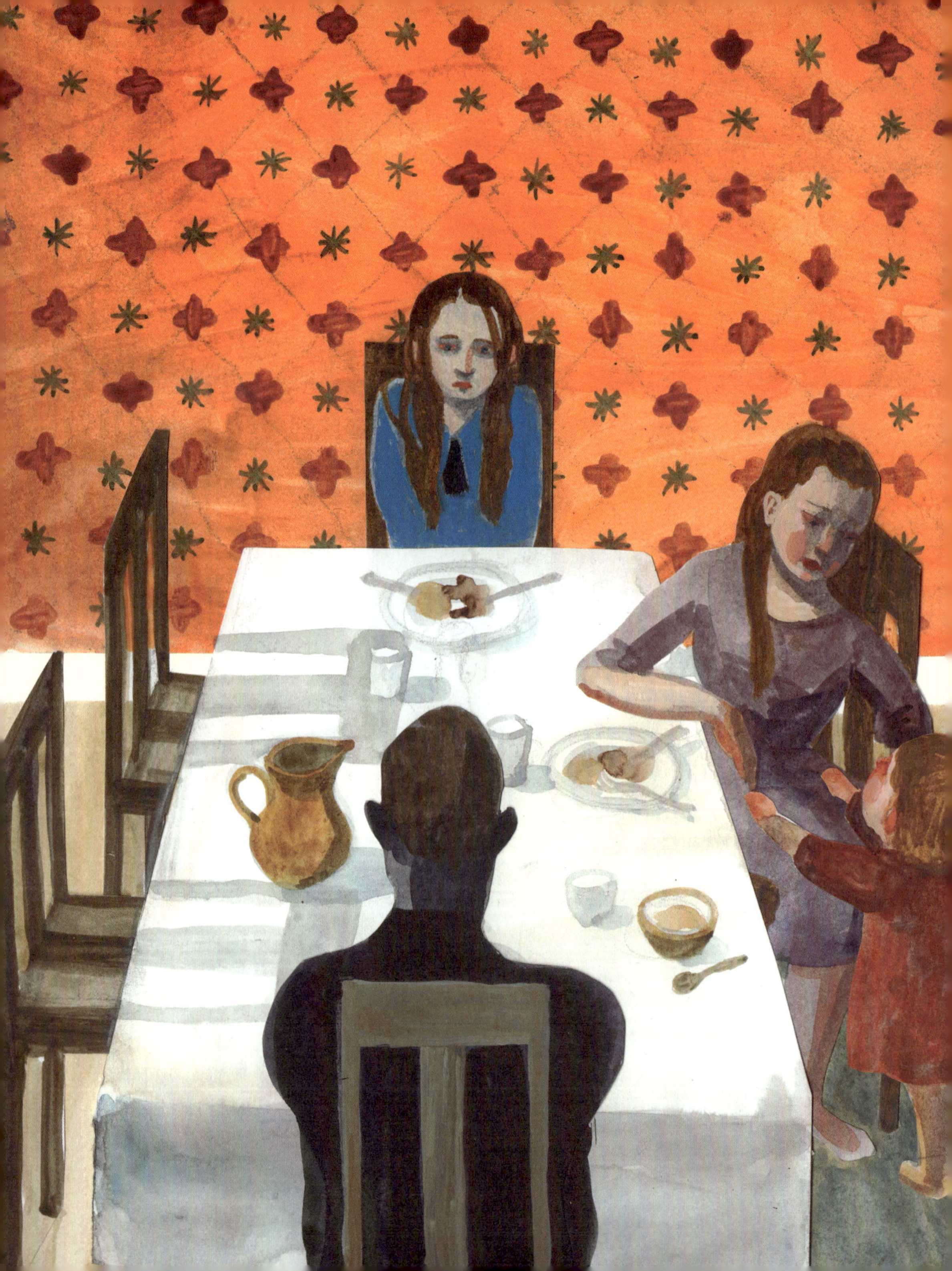

의사 선생님 말씀이 가슴에 댄 양털 가죽처럼 따스하다.

아빠에게도 이야기하고 싶다.

의사 선생님이 본 것을 아빠도 보았으면…….

"의사 선생님은 제가 재능이 있대요.

초등학교를 마치고도 계속 공부를 하래요.

예술가가 되라고요."

"의사 선생님이 병에 대해서는 잘 알겠지.

하지만 우리 딸의 장래에 대해서 뭘 알겠니."

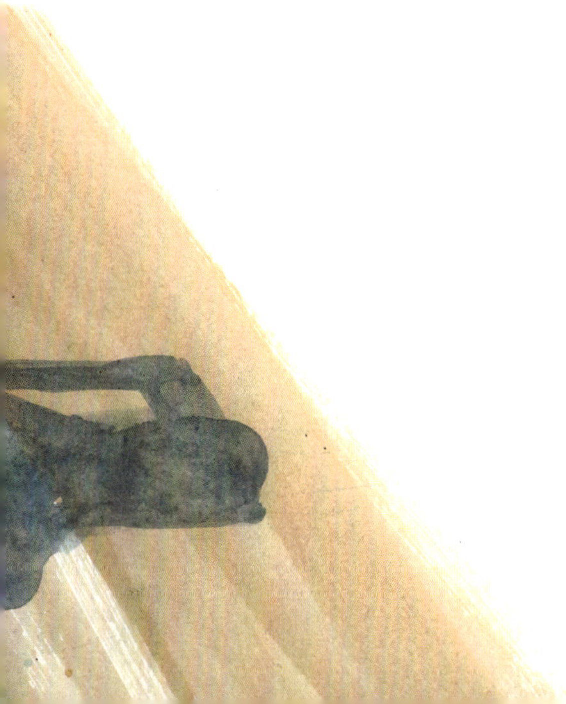

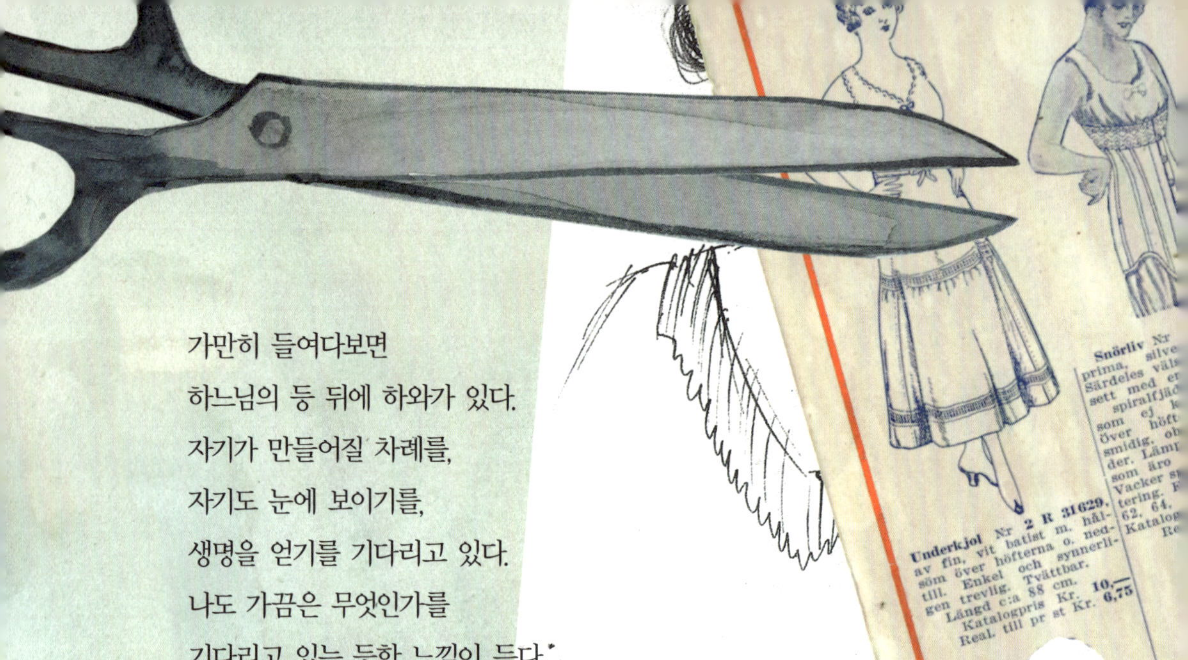

가만히 들여다보면
하느님의 등 뒤에 하와가 있다.
자기가 만들어질 차례를,
자기도 눈에 보이기를,
생명을 얻기를 기다리고 있다.
나도 가끔은 무엇인가를
기다리고 있는 듯한 느낌이 든다.
하지만 거기에 이르려면
내 소망을 비밀로 해야 한다.
침묵해야 한다.
내가 누구인지를 정면으로 보이지 말아야 한다.

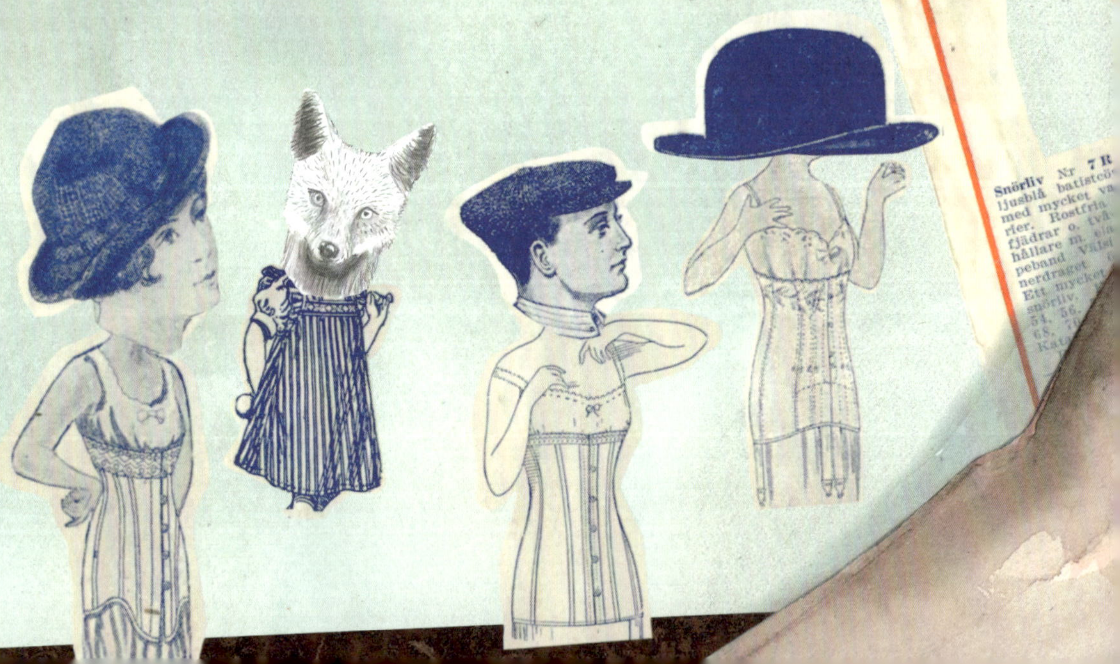

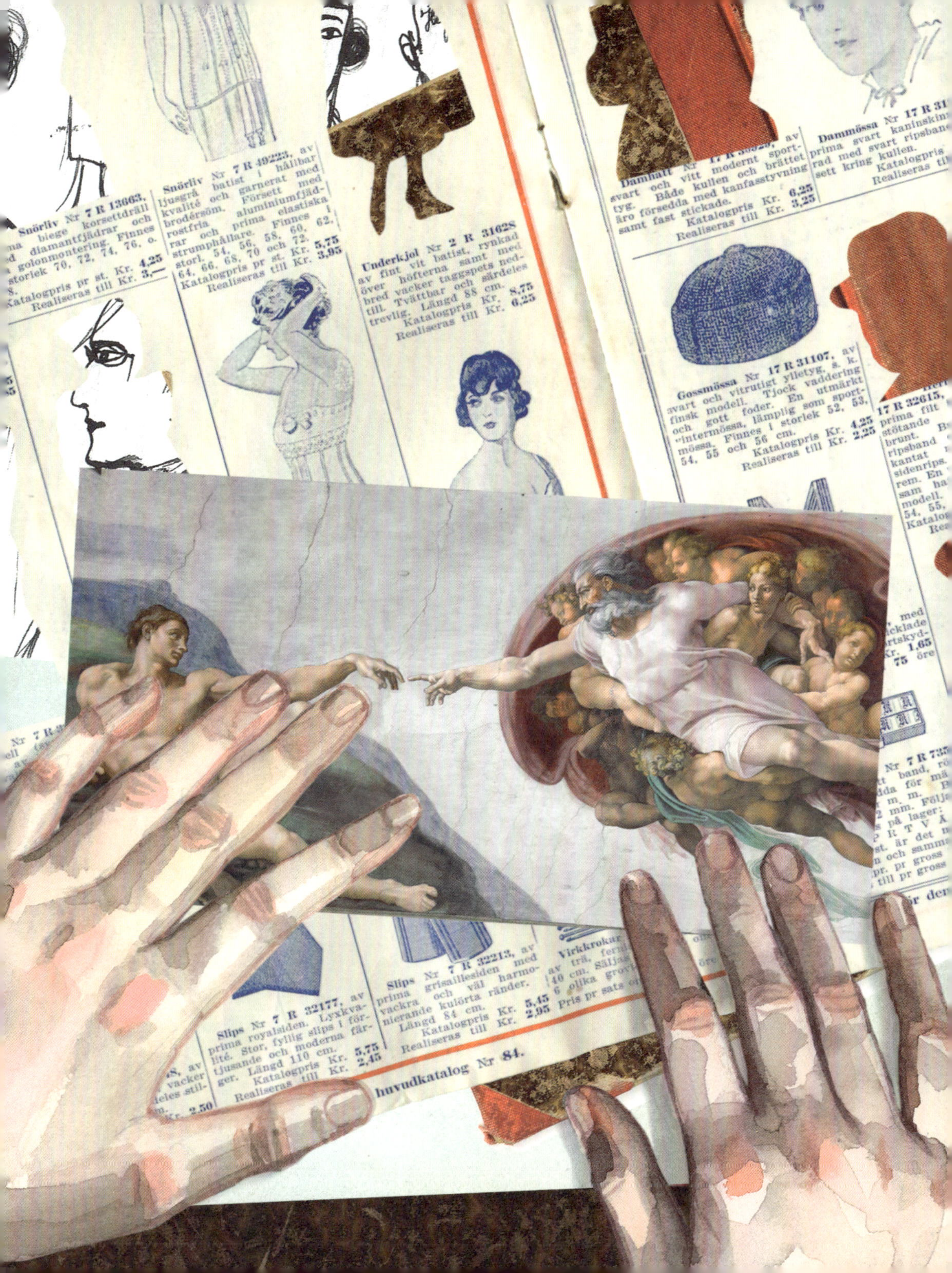
Snörliv Nr 7 R 49223, av ljusgrå batist i hållbar kvalité och garnerat med brodérsöm. Försett med rostfria aluminiumfjäd-rar och prima elastiska strumphållare. Finnes i storl. 54, 56, 58, 60, 62, 64, 66, 68, 70 och 72. Katalogpris pr st. Kr. 5,75 Realiseras till Kr. 3,95
Underkjol Nr 2 R 31628 av fint vitt batist, rynkad över höfterna samt med bred vacker taggspets ned-till. Tvättbar och särdeles trevlig. Längd 88 cm. Katalogpris Kr. 8,75 Realiseras till Kr. 6,25
Damhatt Nr 17 R av svart och vitt modernt sport-tyg. Både kullen och brättet äro försedda med kanfasstyvning samt fast stickade. Katalogpris Kr. 6,25 Realiseras till Kr. 3,25
Gossmössa Nr 17 R 31107, av svart och vitrutigt ylletyg, s. k. finsk modell. Tjock vaddering och gott foder. En utmärkt vintermössa, lämplig som sport-mössa. Finnes i storlek 52, 53, 54, 55 och 56 cm. Katalogpris Kr. 4,25 Realiseras till Kr. 2,25
Slips Nr 7 R 32177, av prima royalsiden. Lyxkva-lité. Stor, fyllig slips i för-tjusande och moderna fär-ger. Längd 110 cm. Katalogpris Kr. 5,75 Realiseras till Kr. 2,45
Slips Nr 7 R 32213, av prima grisailesiden med vackra och väl harmo-nierande kulörta ränder. Längd 84 cm. Katalogpris Kr. 5,45 Realiseras till Kr. 2,95
huvudkatalog Nr 84.

목사님이 구약 성경의 창세기를 읽고 있다.
하느님이 천지 만물을 창조하실 때 일곱 날이 걸렸다.
아담을 만드셨고,
외로운 아담이 측은하여
아담의 갈빗대로 하와를 만드셨다.
나는 달달 외울 수 있을 만큼 이 이야기를 많이 들었다.
이 이야기는 하와가 모든 걸 망치는 것으로 끝난다.
하와는 하느님 말씀을 어긴다.
먹지 말라는 열매를 먹을뿐더러,
이 열매를 먹으라고 아담을 꾀어낸다.
그러자 하느님이 무섭게 화를 내신다.

배가 살살 아프다.
엄마는 또 힘든 밤을 보냈고, 아빠는 녹초가 되었다.
잠이 드신 걸까?
다른 사람들에게 들릴 정도로 아빠가 한숨을 내쉰다.

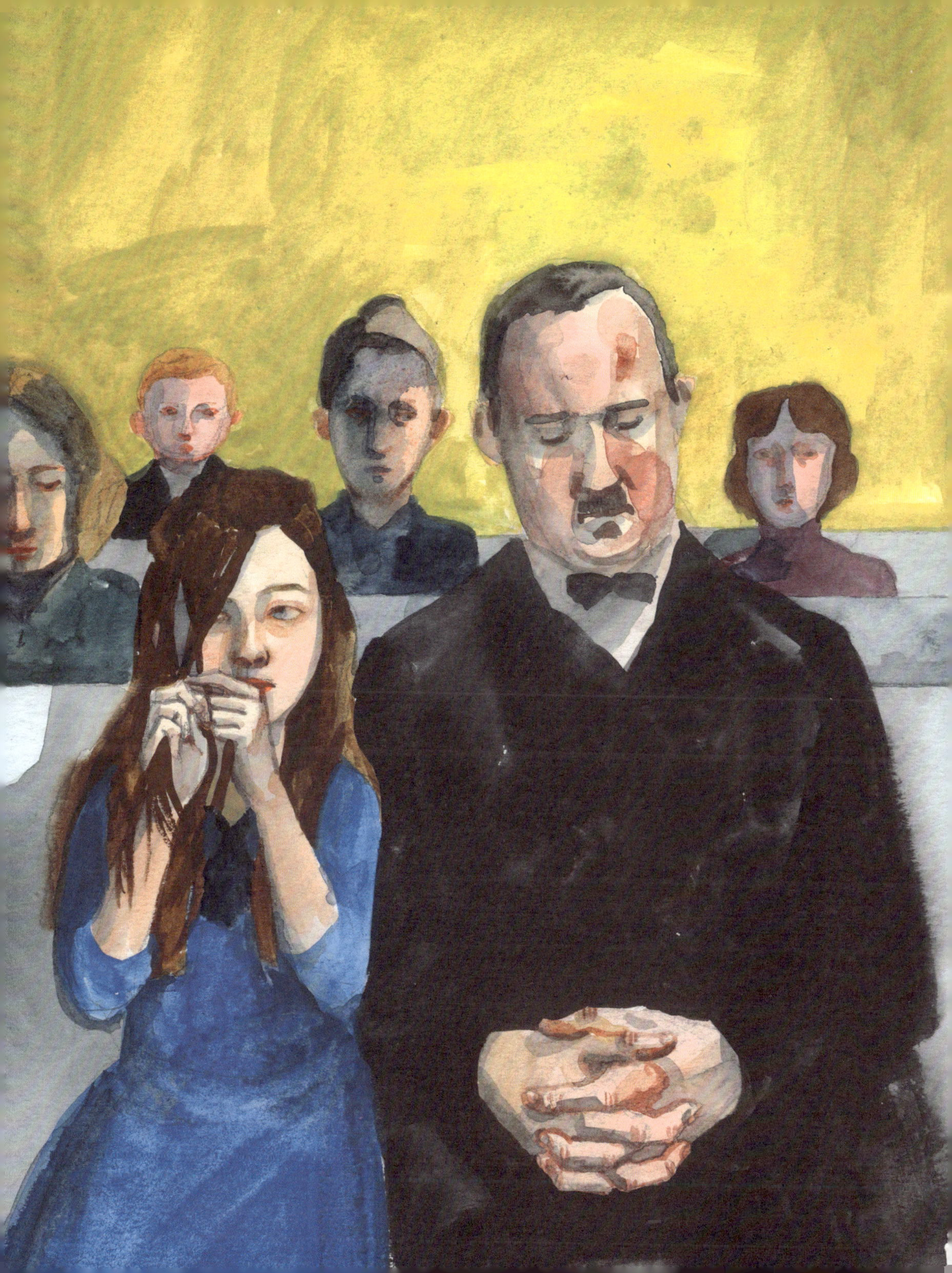

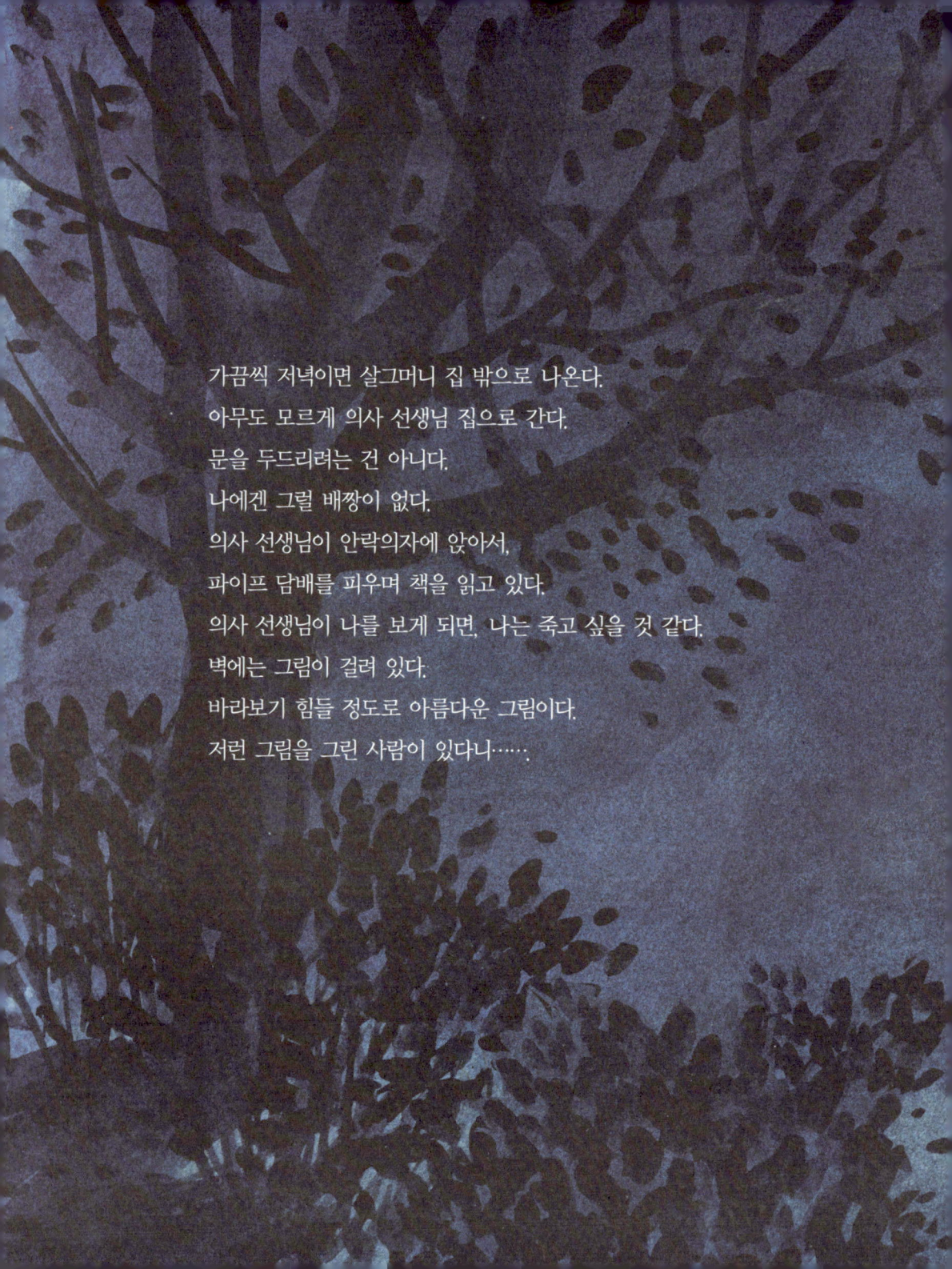

가끔씩 저녁이면 살그머니 집 밖으로 나온다.

아무도 모르게 의사 선생님 집으로 간다.

문을 두드리려는 건 아니다.

나에겐 그럴 배짱이 없다.

의사 선생님이 안락의자에 앉아서,

파이프 담배를 피우며 책을 읽고 있다.

의사 선생님이 나를 보게 되면, 나는 죽고 싶을 것 같다.

벽에는 그림이 걸려 있다.

바라보기 힘들 정도로 아름다운 그림이다.

저런 그림을 그린 사람이 있다니……

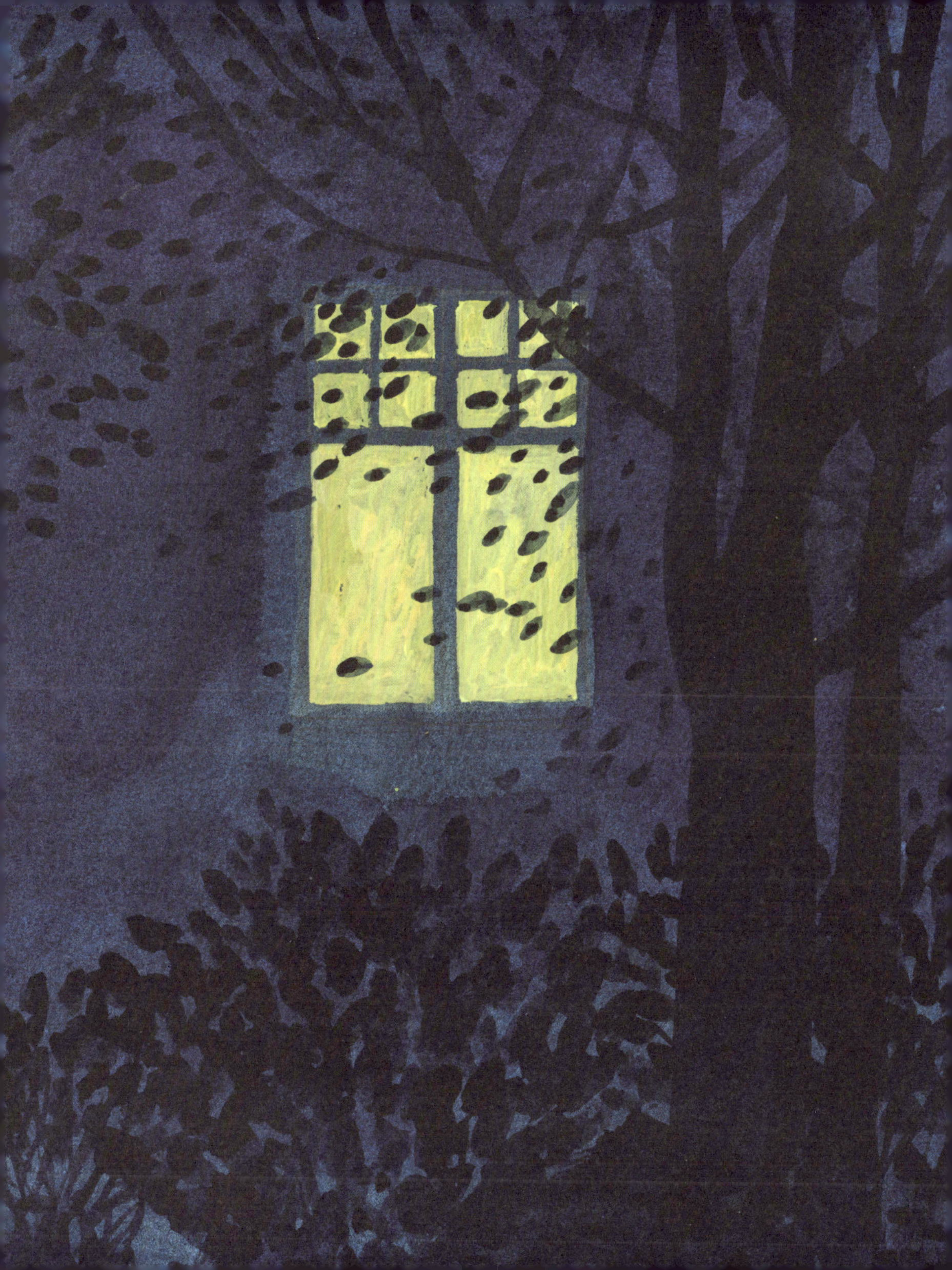

그림자가 없는 맑은 날이면
엄마가 조금 나아진 느낌이 든다.

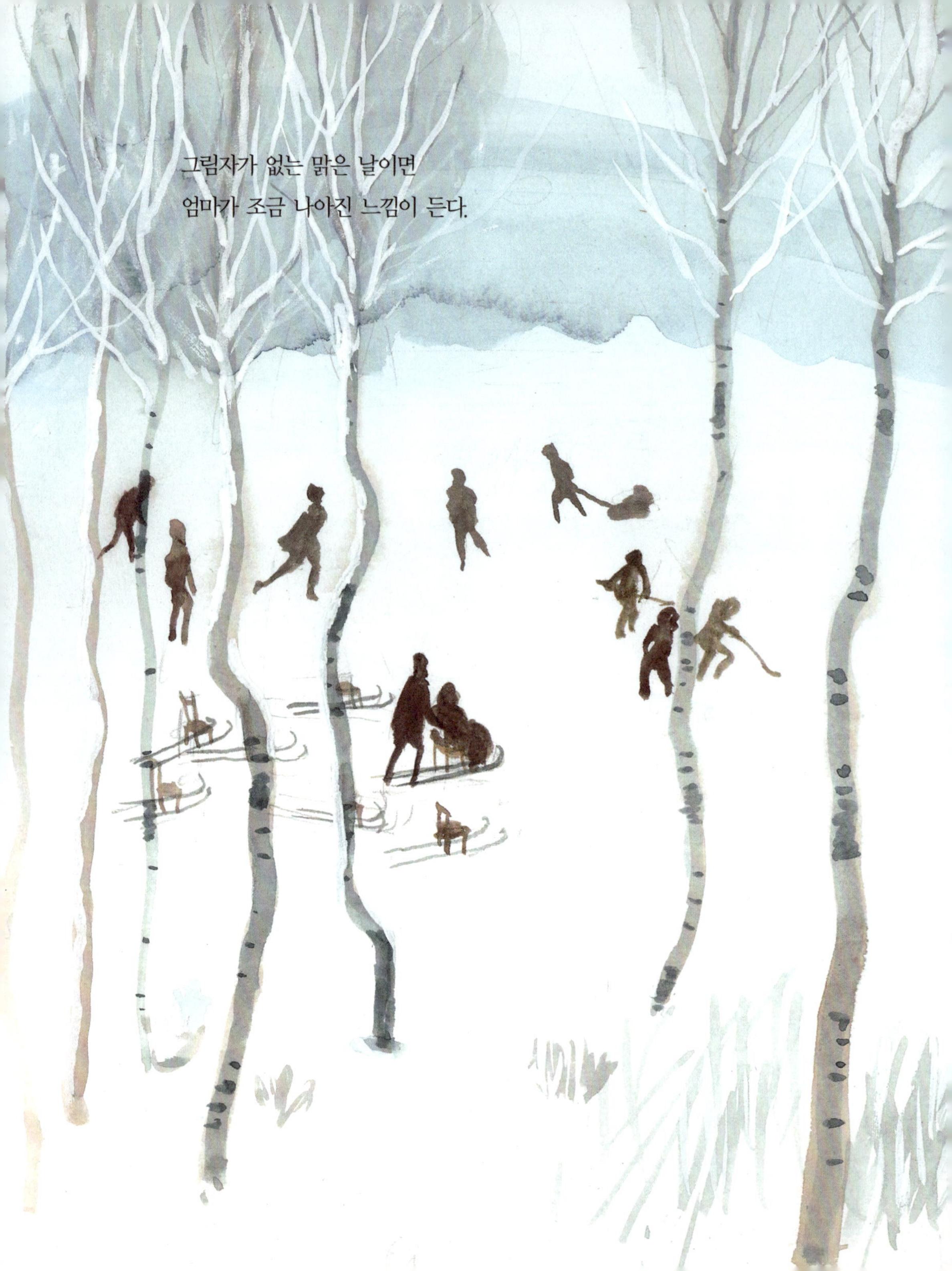

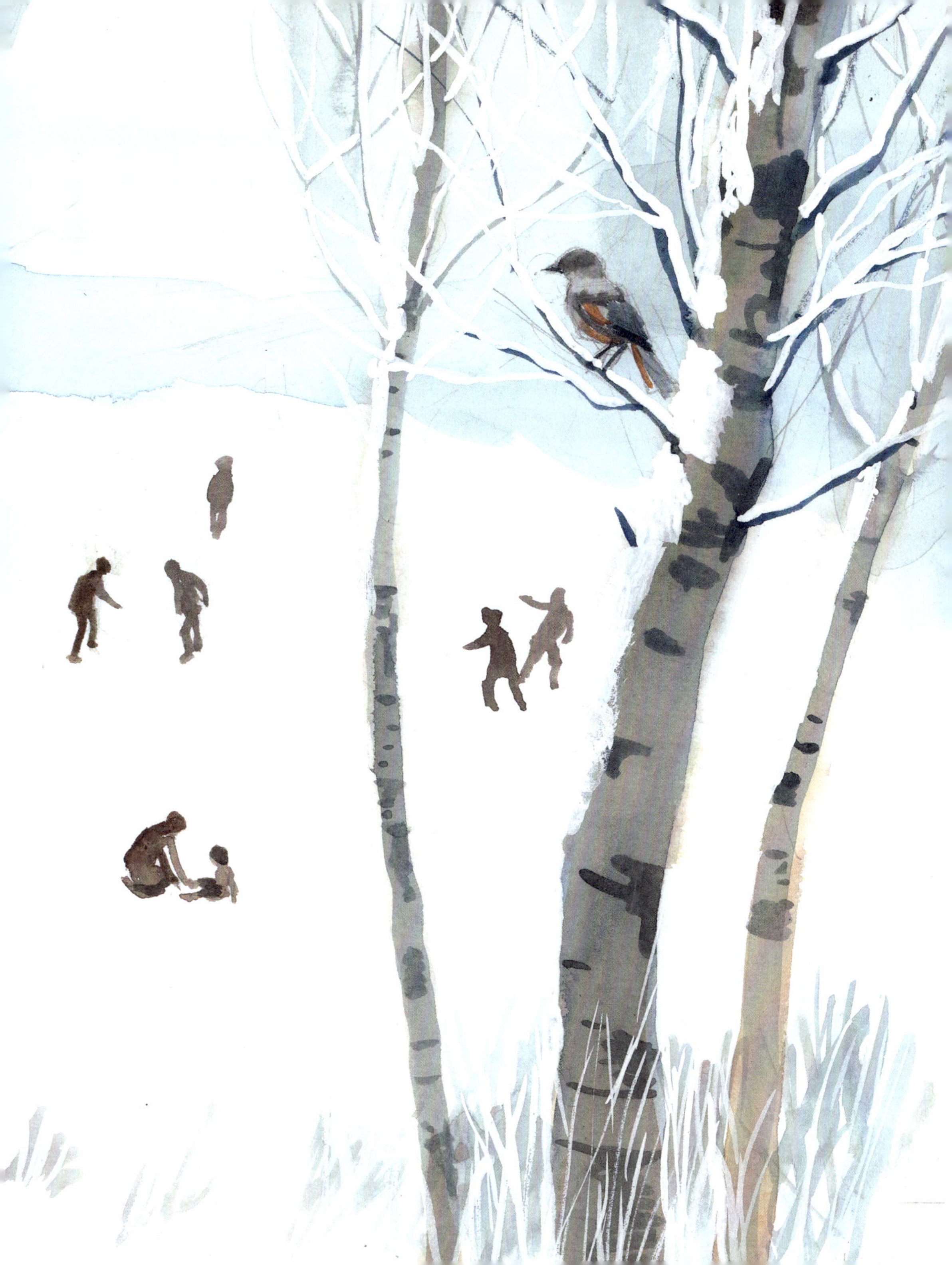

엄마가 커피를 마시려고 침대에서 일어난다.
옷을 차려입고 머리를 단정히 한다.
이런 모습은 참 오랜만이다.
커피를 마시고 나서 엄마는 반짇고리를 꺼낸다.
졸업식 때 입을 드레스 때문에 나는 마음이 복잡하다.
내가 그린 그림대로 엄마가 드레스를 만들기 시작한다.
내가 입을 드레스가 조금씩 모습을 갖추어 간다.
"우리 딸이 졸업식장에서 가장 아름다울 거야."
엄마가 옷감을 쓰다듬으며 말한다.

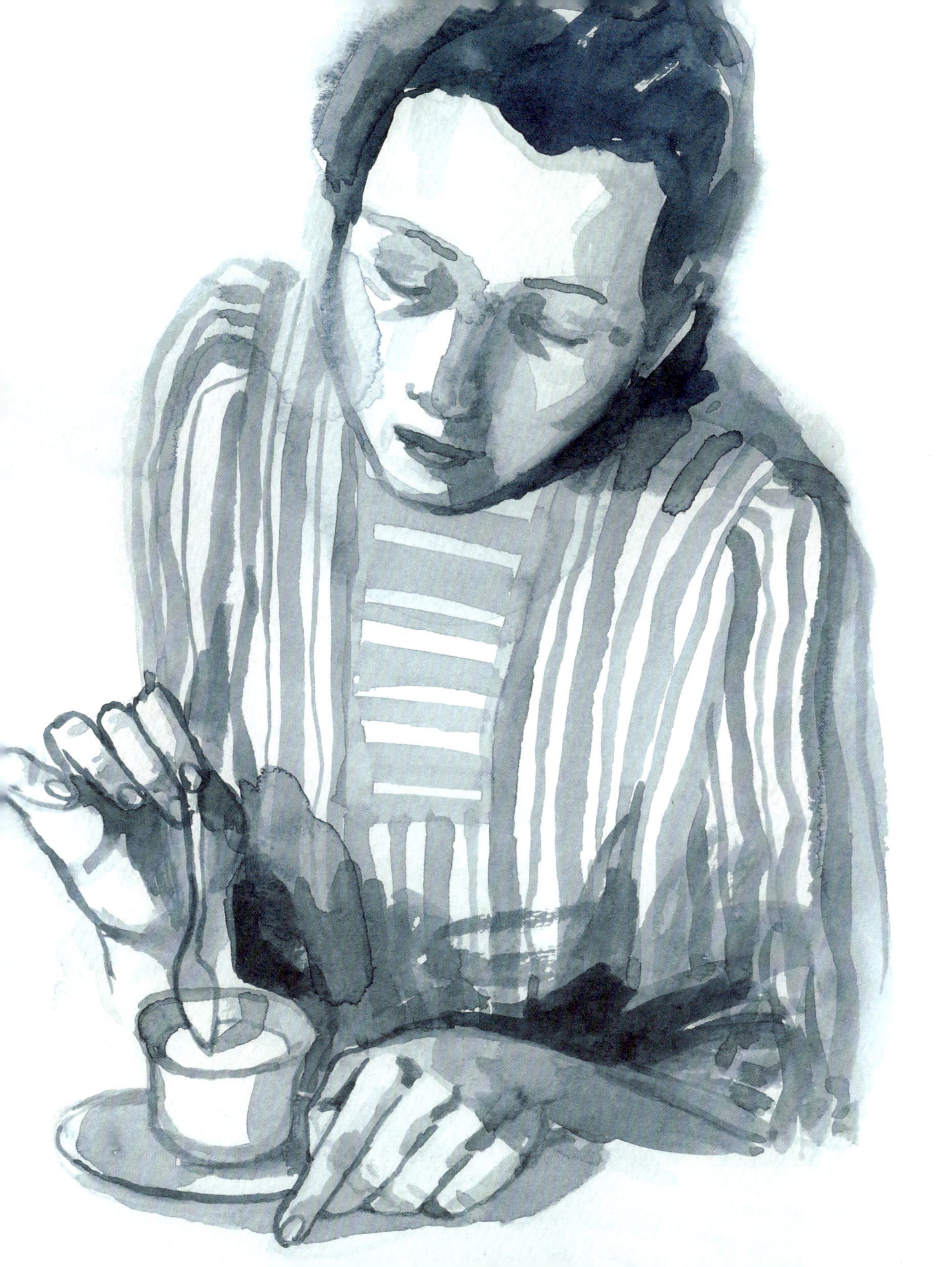

허리끈을 꿰매어 달다가 엄마가 기침을 터트린다.
사정없이 깊은 기침이다.
엄마 입에서 피가 나와 드레스를 적신다.
군나 언니가 손수건을 가지고 달려온다.
"좀 쉬어야겠구나."
엄마는 입에 손수건을 대고 자리에서 일어난다.
언니와 내가 엄마를 부축한다.
"베타야, 드레스 걱정은 하지 마라."
엄마 목소리에 힘이 없다.
"핏자국은 빨아서 지울게."

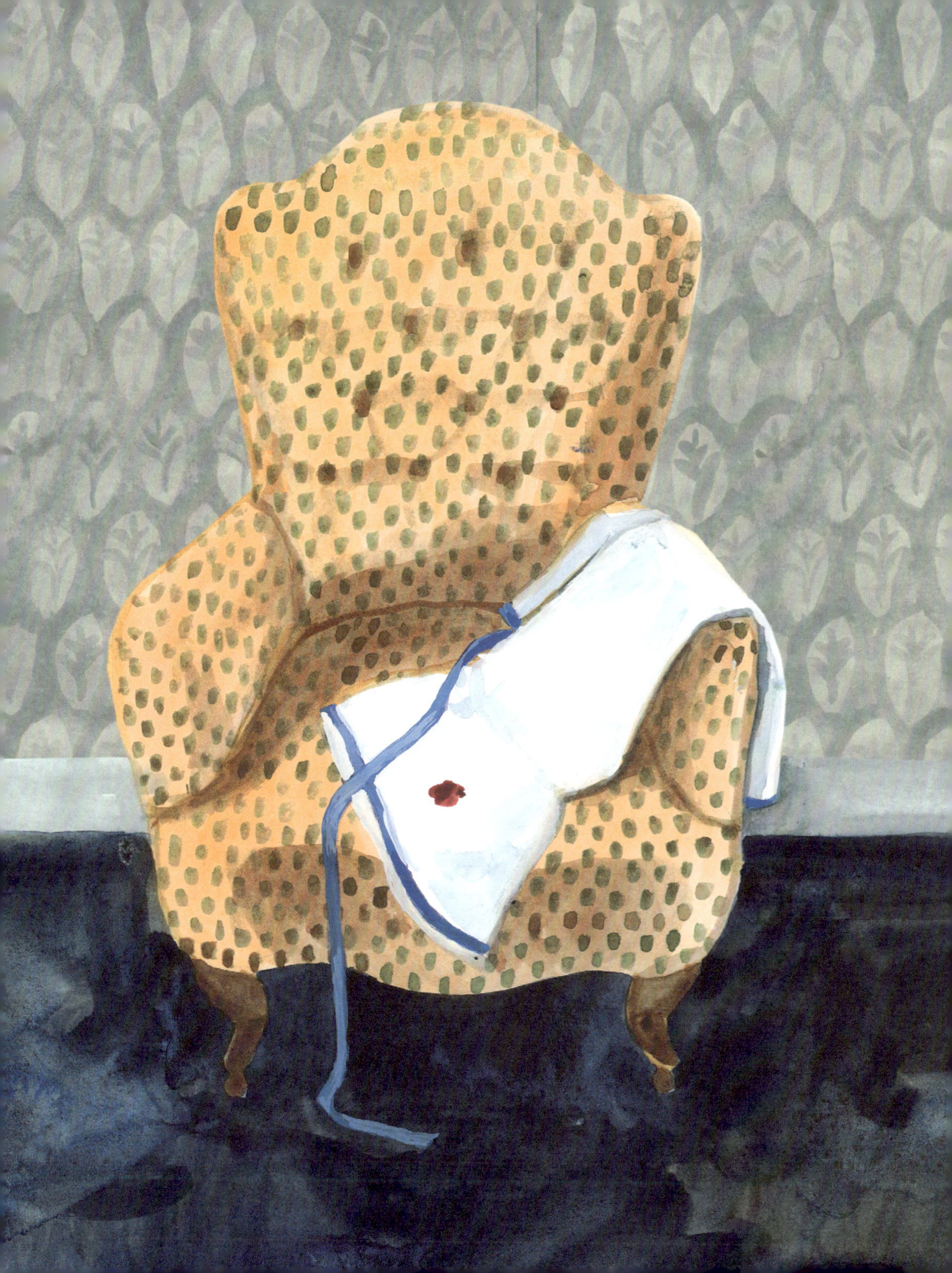

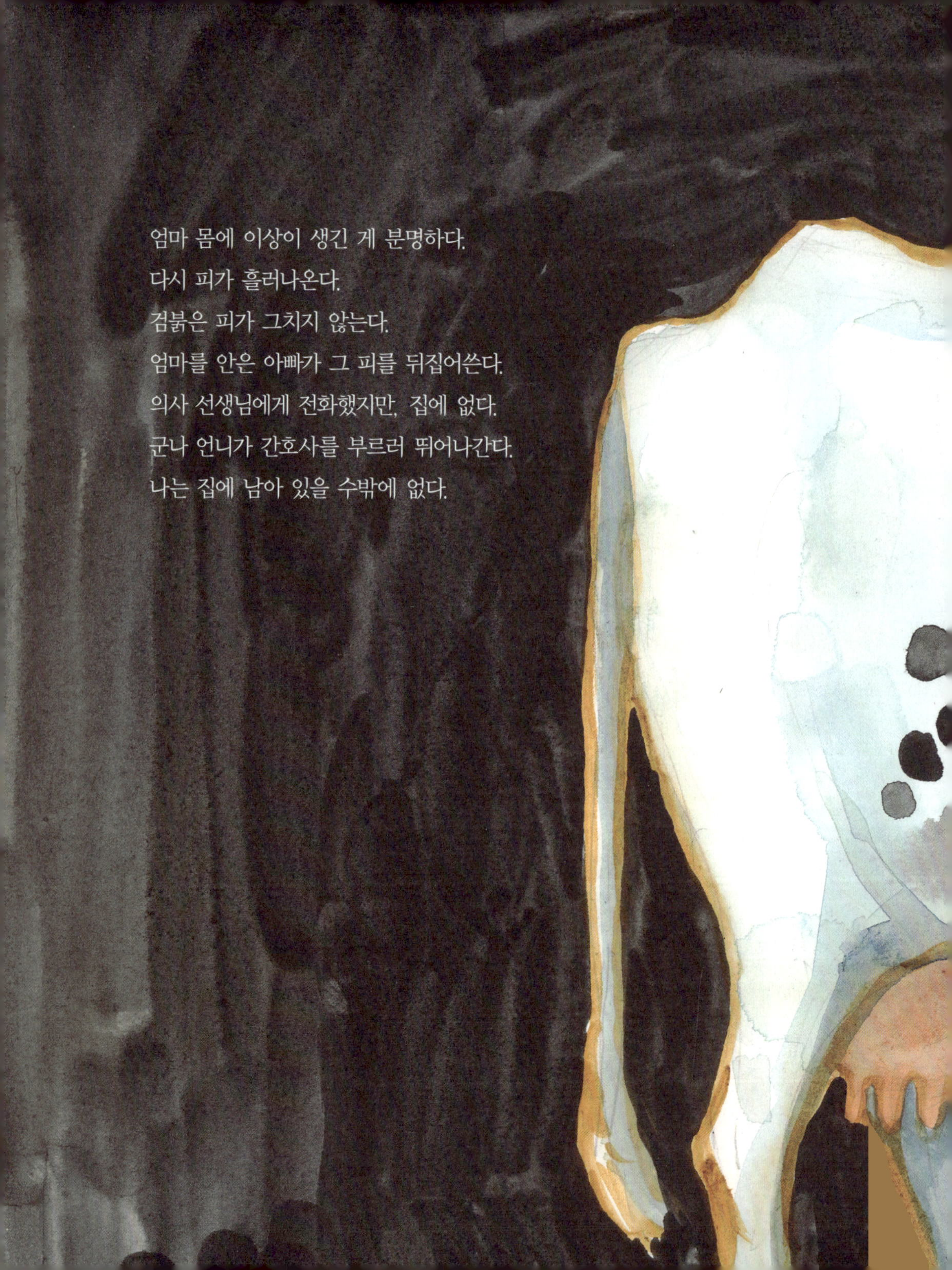

엄마 몸에 이상이 생긴 게 분명하다.
다시 피가 흘러나온다.
검붉은 피가 그치지 않는다.
엄마를 안은 아빠가 그 피를 뒤집어쓴다.
의사 선생님에게 전화했지만, 집에 없다.
군나 언니가 간호사를 부르러 뛰어나간다.
나는 집에 남아 있을 수밖에 없다.

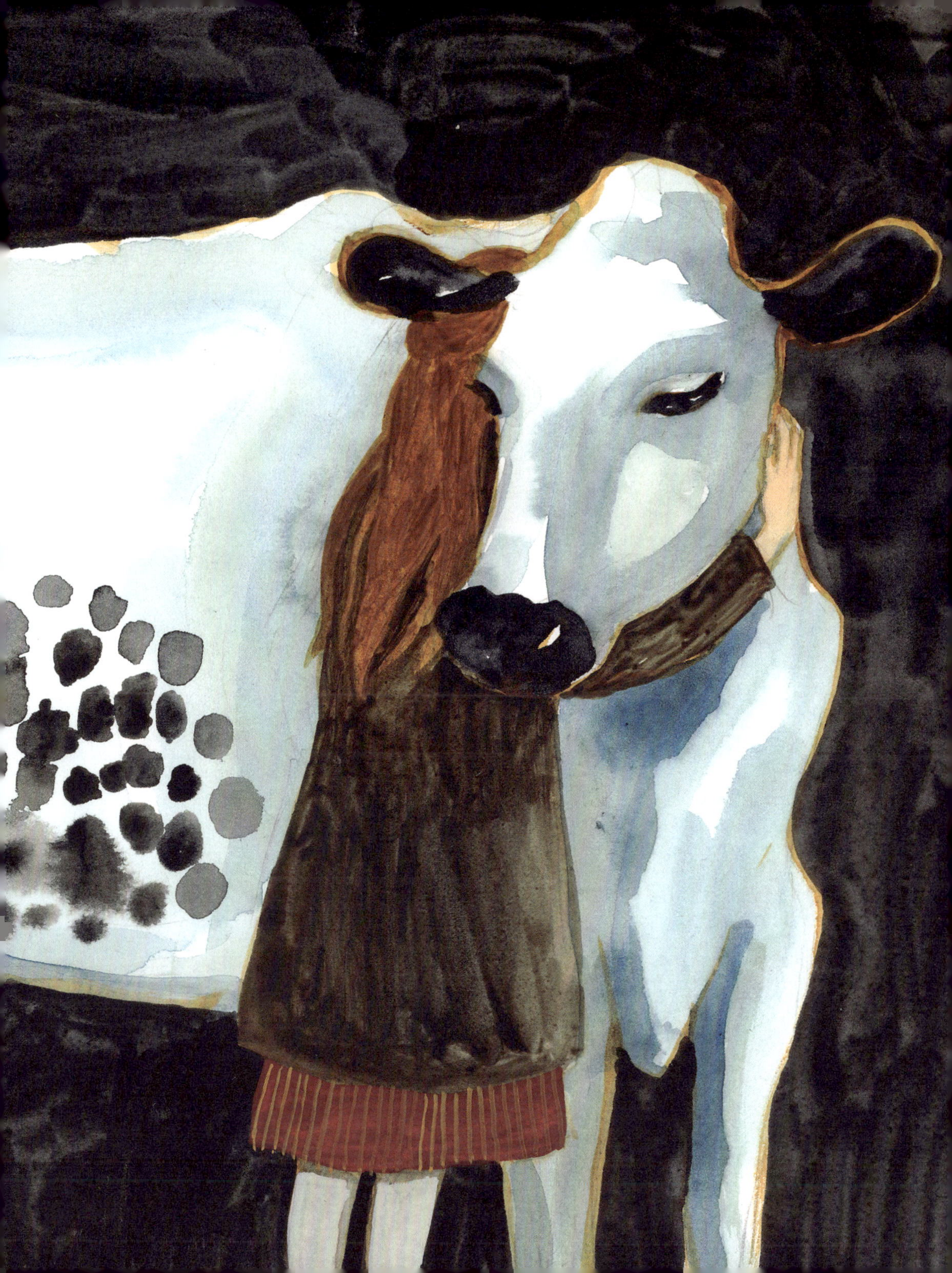

무슨 까닭인지 모르지만,
다음 날 아침에 엄마가 돌아가셨다.
엄마 방으로 들어가자
예전과 다른 느낌이 든다.
엄마의 몸은 방에 누워 있다.
자는 것처럼 보인다.
하지만 엄마는 이제 없다.

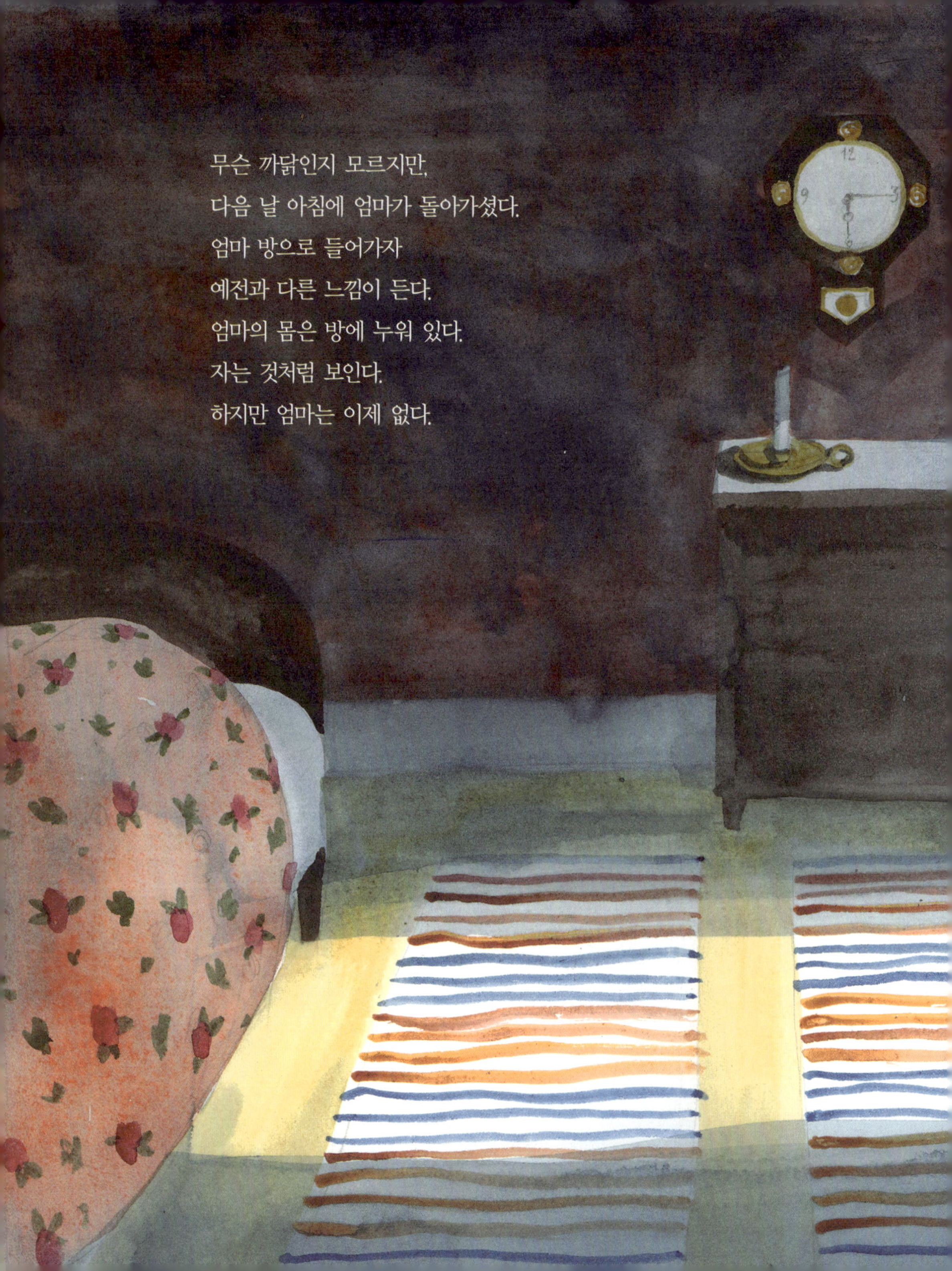

12
9
3

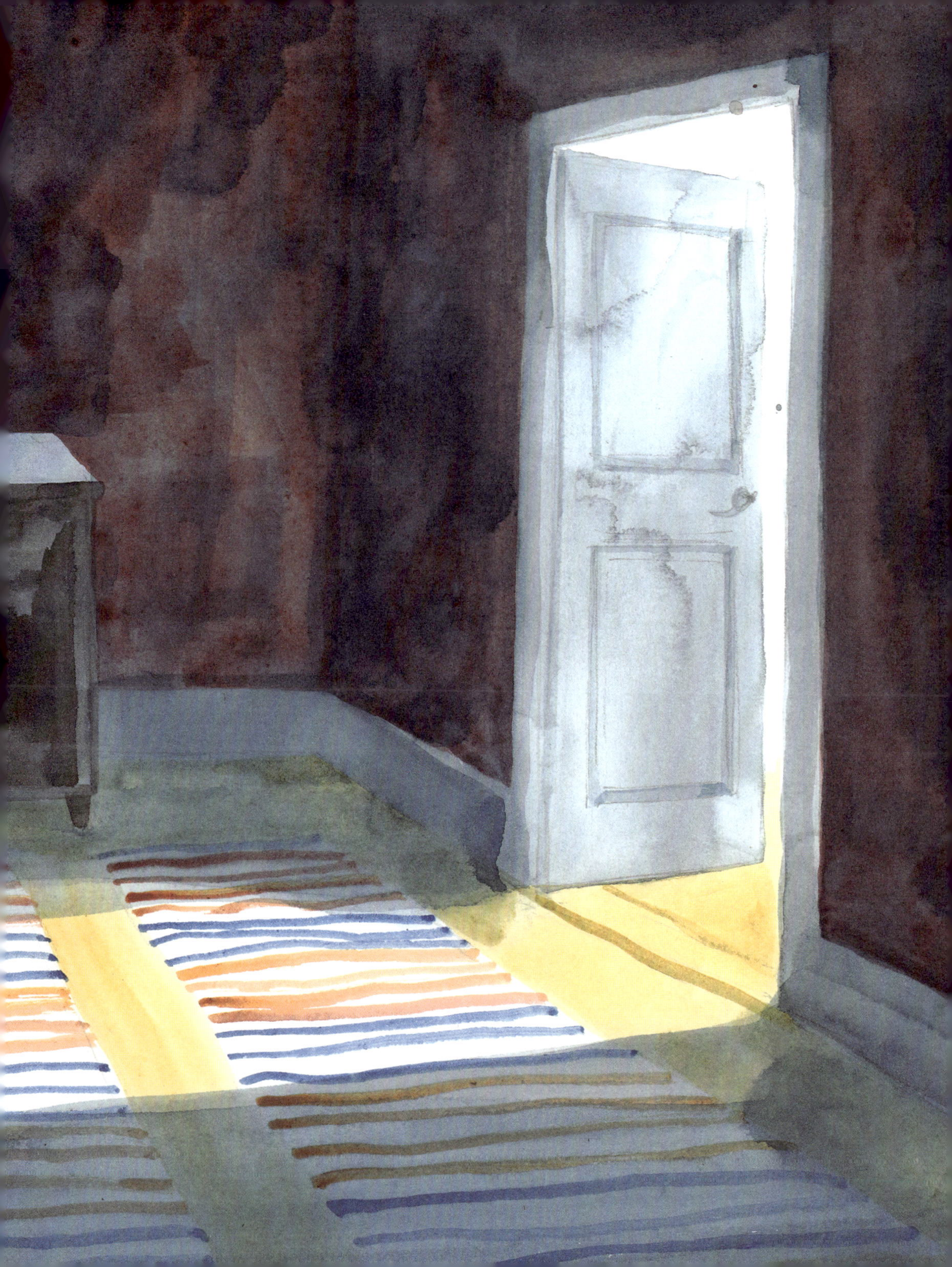

마지막 인사를 하려는 사람들이
엄마 방을 가득 채운다.
내가 있을 자리가 없다.

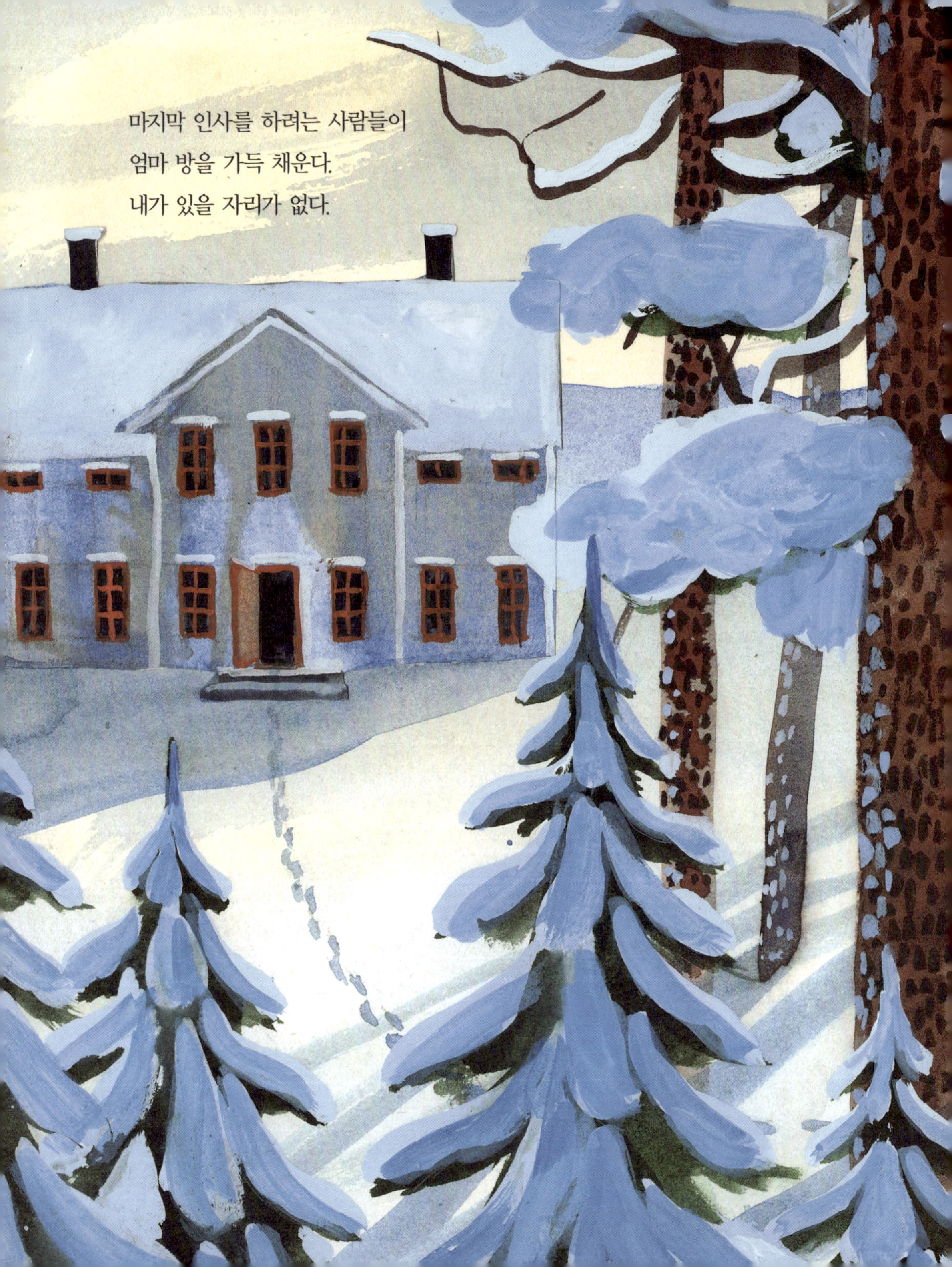

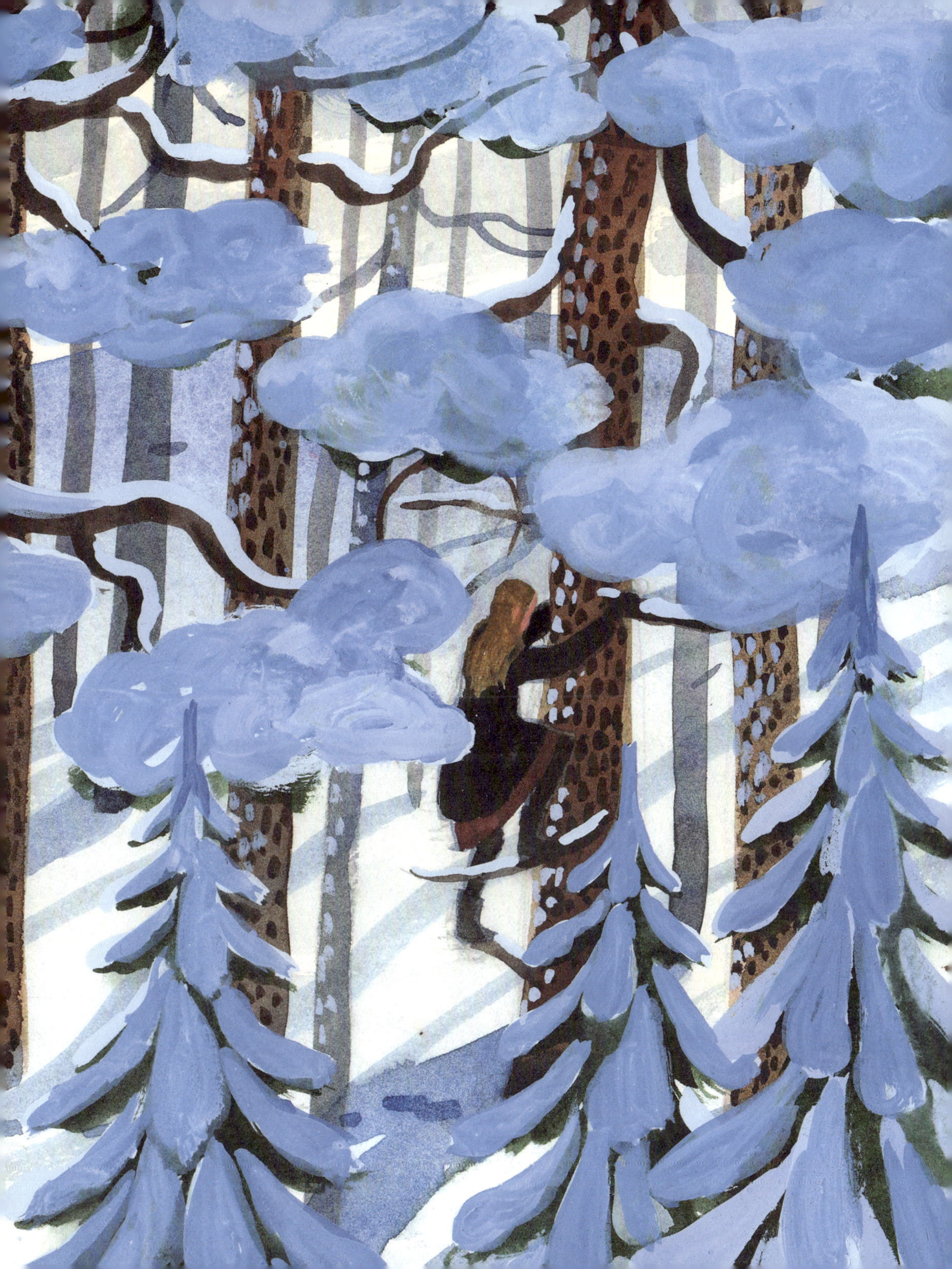

손가락 끝이 새하얘질 정도로 춥지만,
나는 아랑곳하지 않는다.
그때, 무엇인가 다가온다.
조용히 멈추고, 나를 바라본다.
아름다운 갈색의 다정한 눈으로.

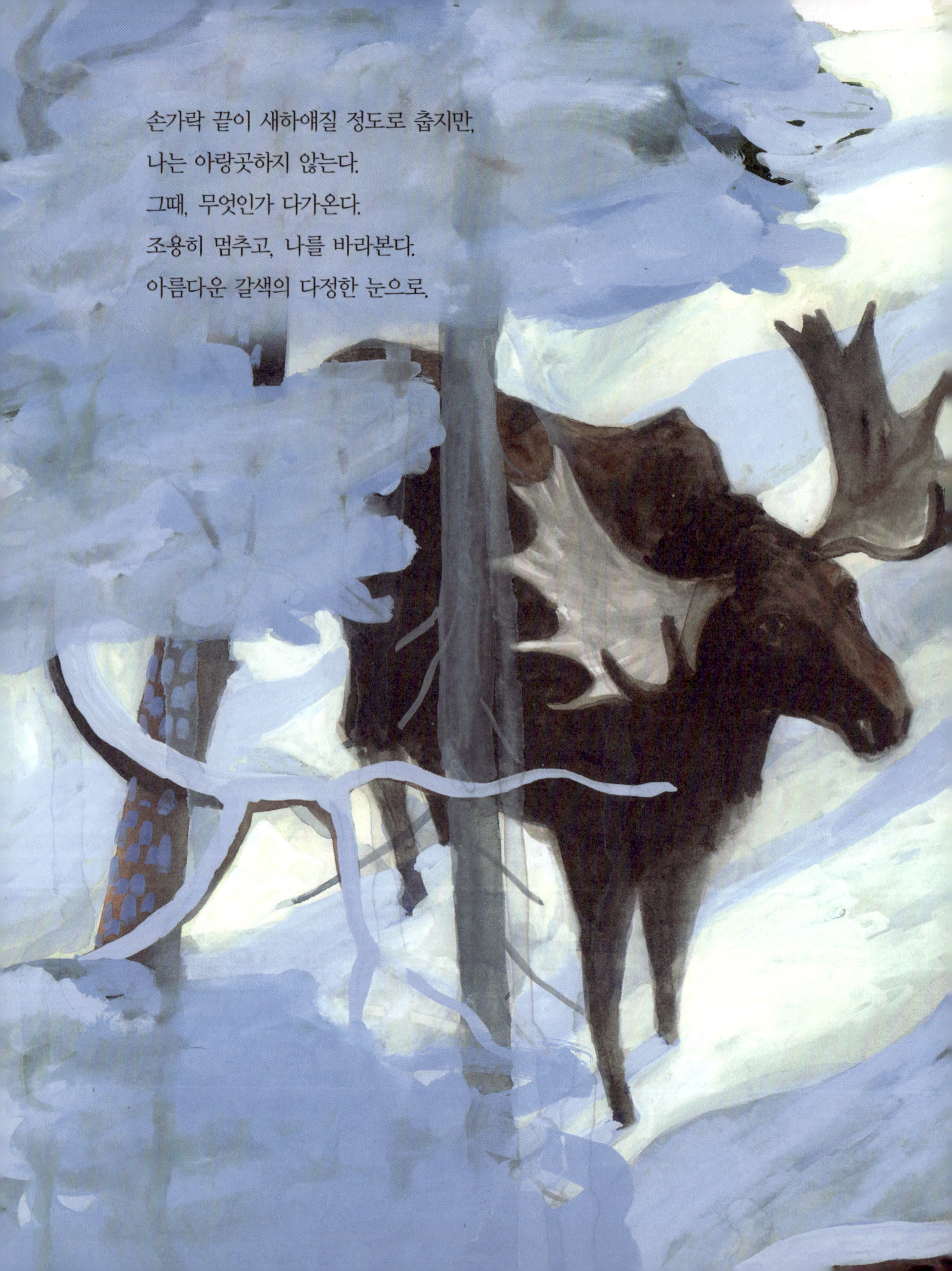

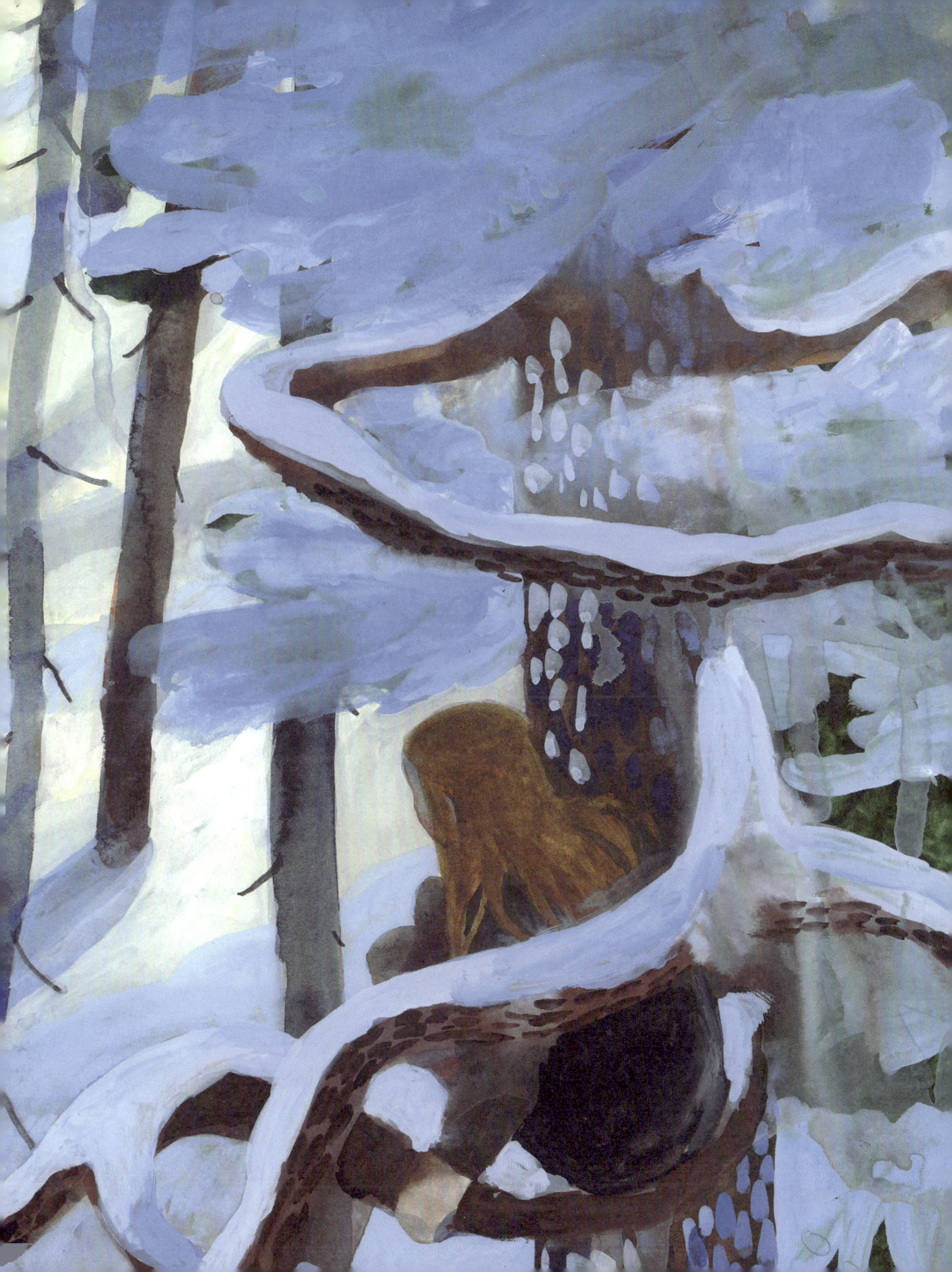

율리아 언니가 서둘러 집으로 왔다.

우리는 의사 선생님의 지시대로 엄마 방을 청소한다.

침대보를 태우고, 물건들을 내다 버린다.

물걸레로 훔치고 박박 문지른다.

엄마가 돌아가셨다.

그래도 병은 살아 있다.

구석에 쌓인 먼지 속에, 안락의자의 덮개 밑에.

어쩌면 쓰다 만 옷감 안에서 졸고 있을지도 모른다.

혹시 내 안에도 병이 있을까?

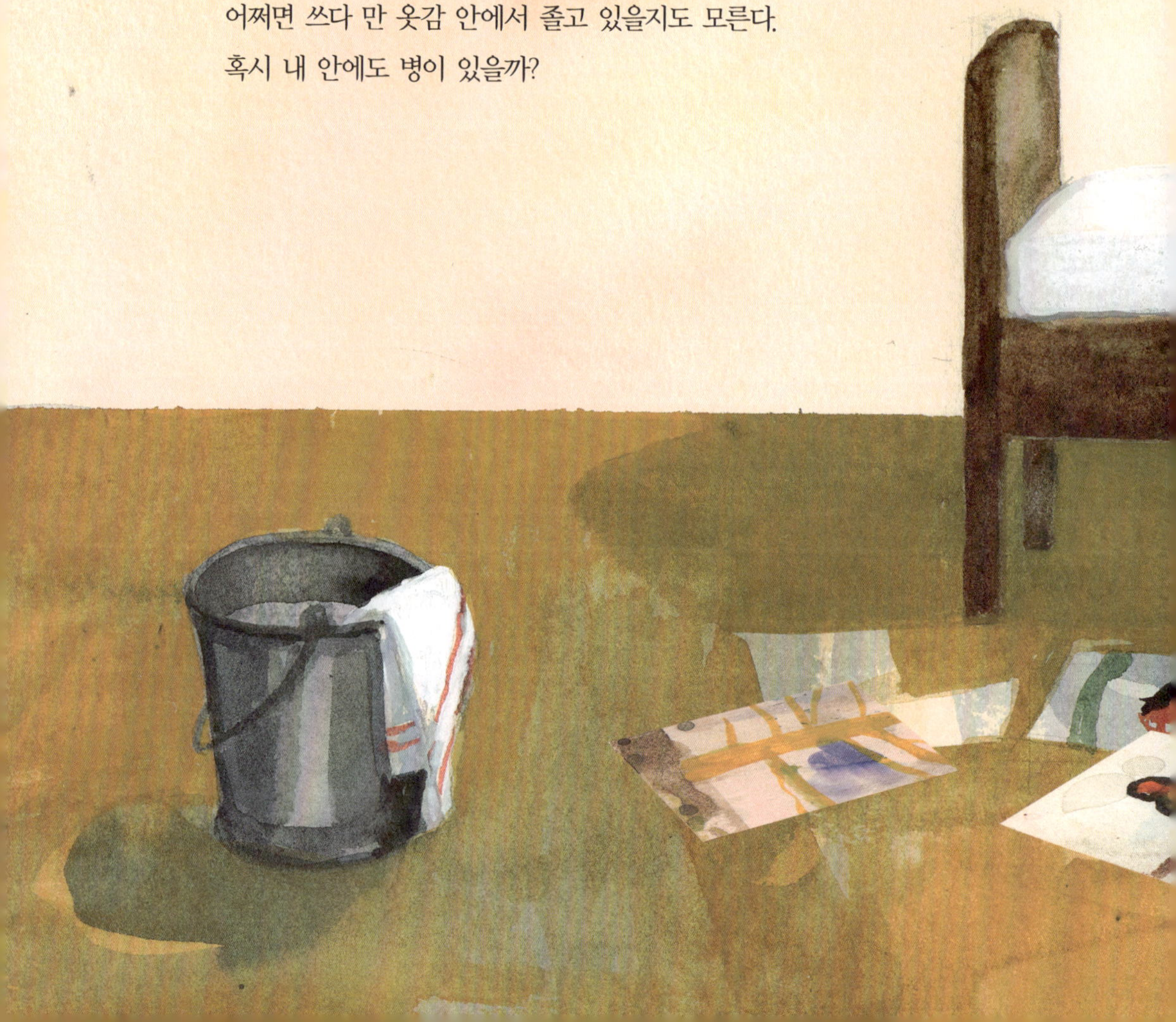

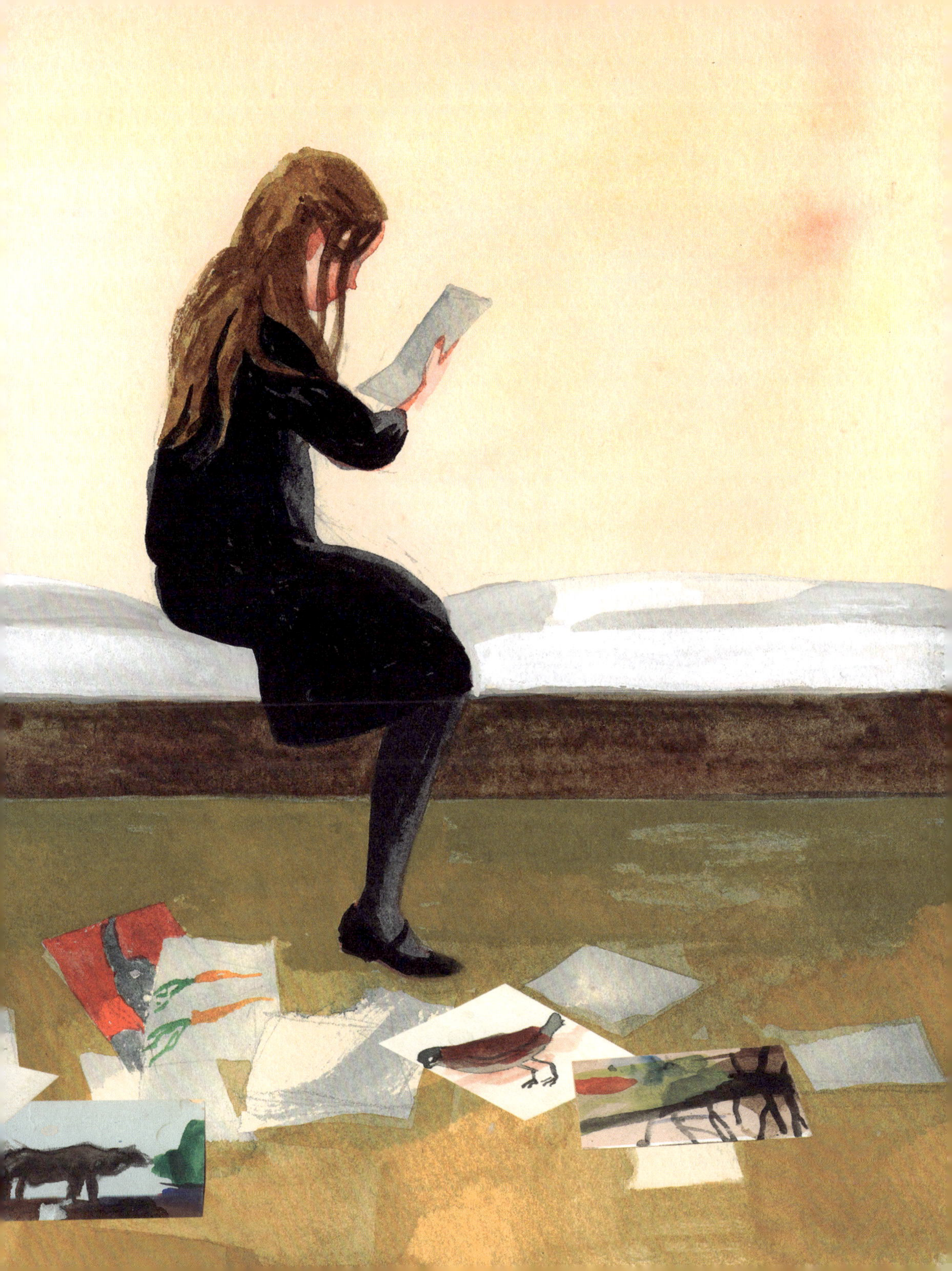

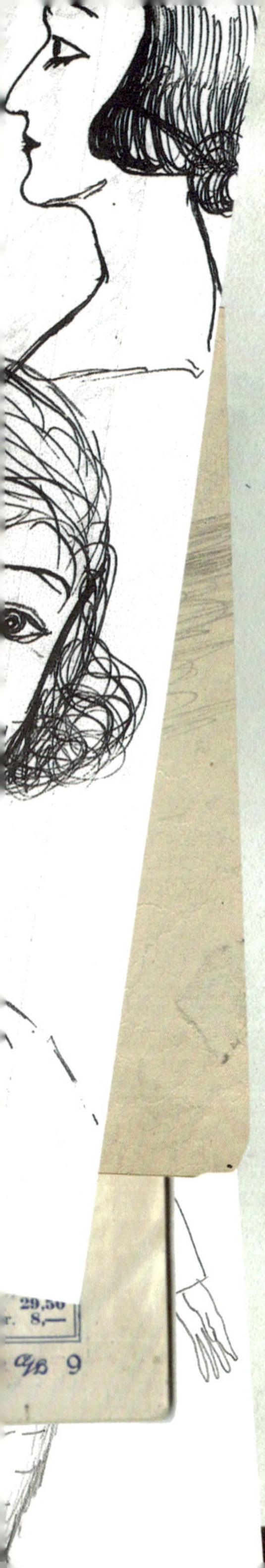

내 그림들은 유치하다. 칙칙하다.
진흙 새는 말라서 부스러졌다.
이젠 엄마도 없다.
내 그림들과 진흙 새가 엄마를 건강하게 해 줄 것으로 믿었다.
그런 어리석은 생각이 다 있을까.
그림들과 진흙 새를 버려야겠다.
내 손으로 만든 것이니 상관없다.

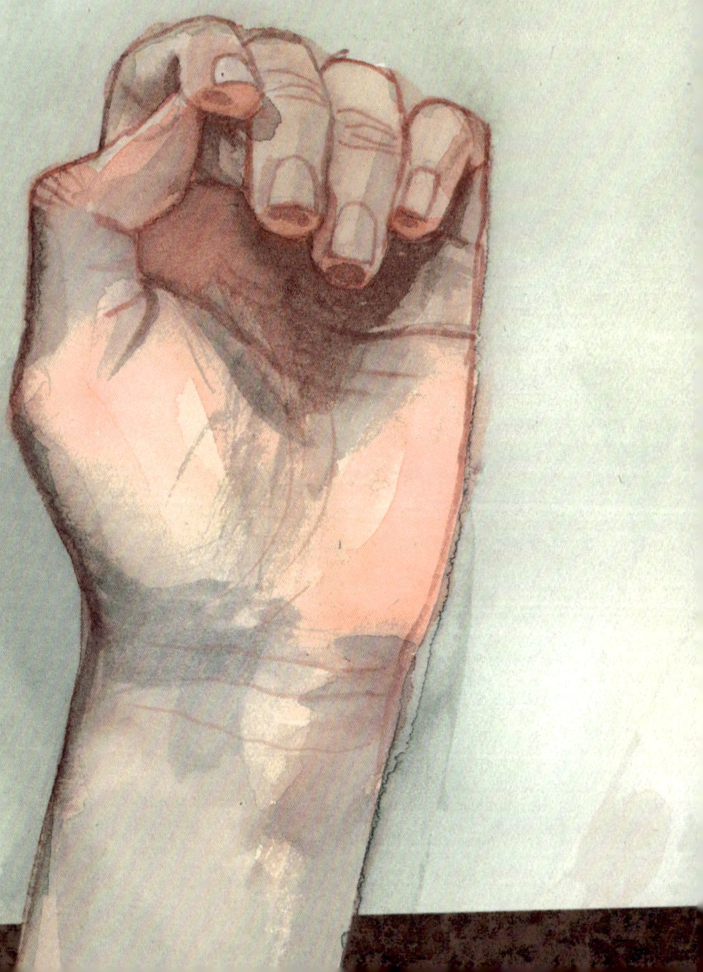

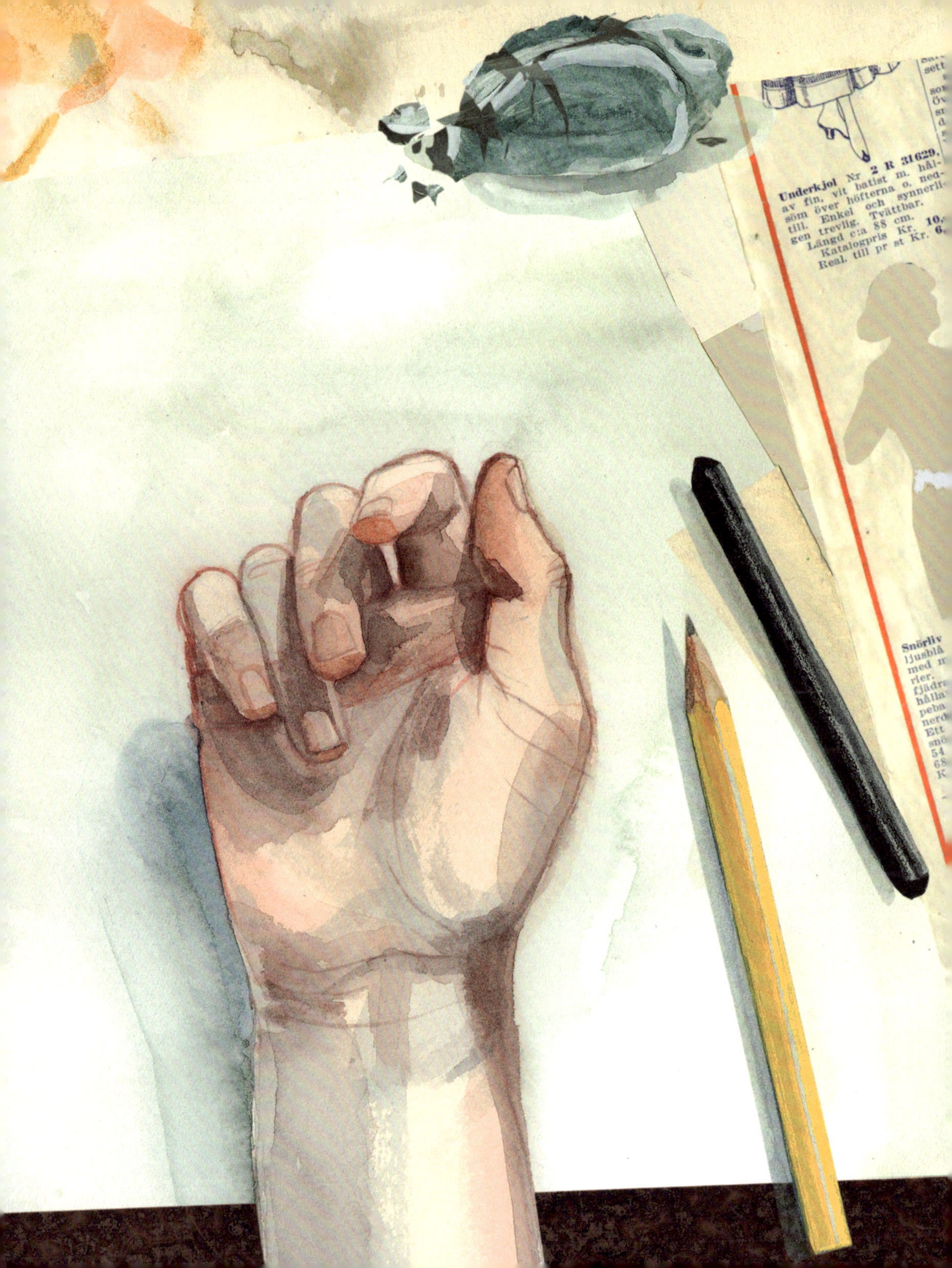
Underkjol Nr 2 R 31629,
av fin, vit batist m. hål-
söm över höfterna o. ned-
till. Enkel och synnerli-
gen trevlig. Tvättbar.
Längd c:a 88 cm.
Katalogpris Kr. 10,
Real. till pr st Kr. 6,
Snörliv

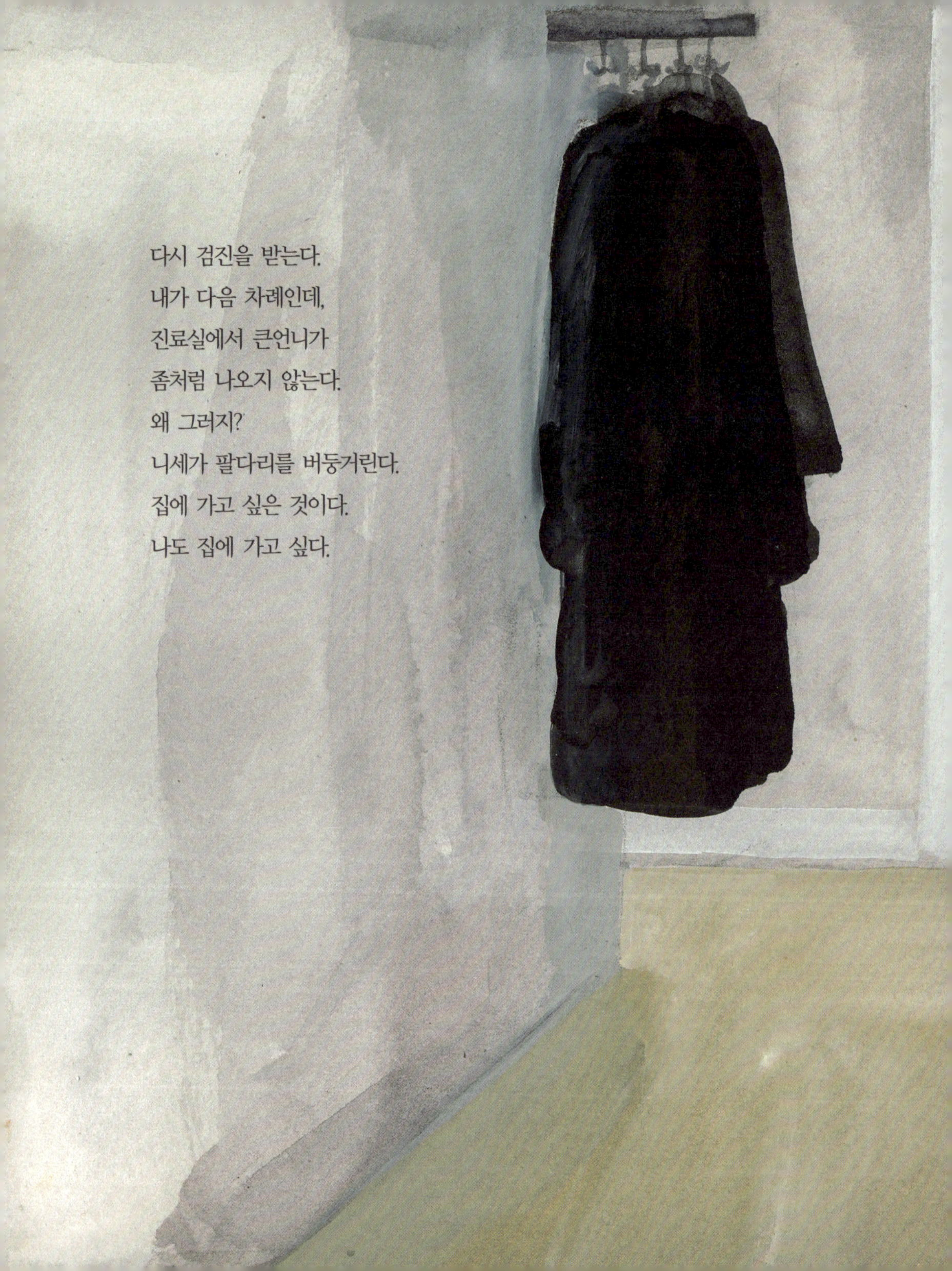

다시 검진을 받는다.
내가 다음 차례인데,
진료실에서 큰언니가
좀처럼 나오지 않는다.
왜 그러지?
니세가 팔다리를 버둥거린다.
집에 가고 싶은 것이다.
나도 집에 가고 싶다.

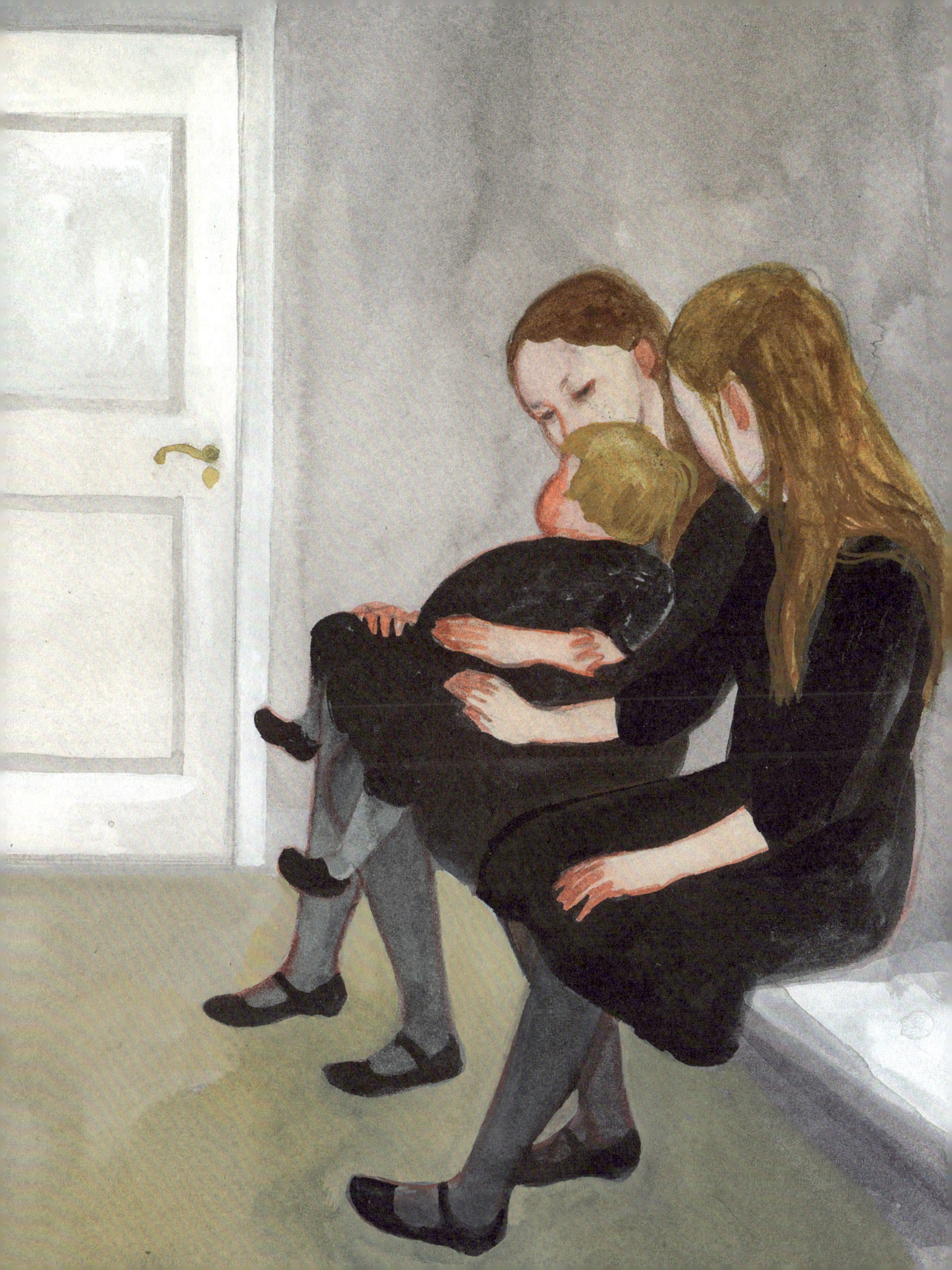

의사 선생님이 집중하고 있다.

두드리고, 누르고, 소리를 듣는다.

검진을 마치더니 지금 내 상태를 묻는다.

"괜찮아요."

"너무 슬퍼하면 병이 날 수 있어. 이제 앞을 봐야지."

"⋯⋯네."

이 말을 나는 집어삼킨다.

"곧 졸업하겠네. 졸업하면 무얼 할 거니?"

내 마음속의 소망을 이야기하고 싶지만, 용기가 나지 않는다.

나는 집에 할 일이 많고 아빠도 농장 일손이 필요하다고 대답한다.

"공부를 더 할 생각은 없니?"

의사 선생님이 묻는다.

마음과 달리 나는 고개를 젓는다.

"아빠는 제가 여기 있기를 원하세요."

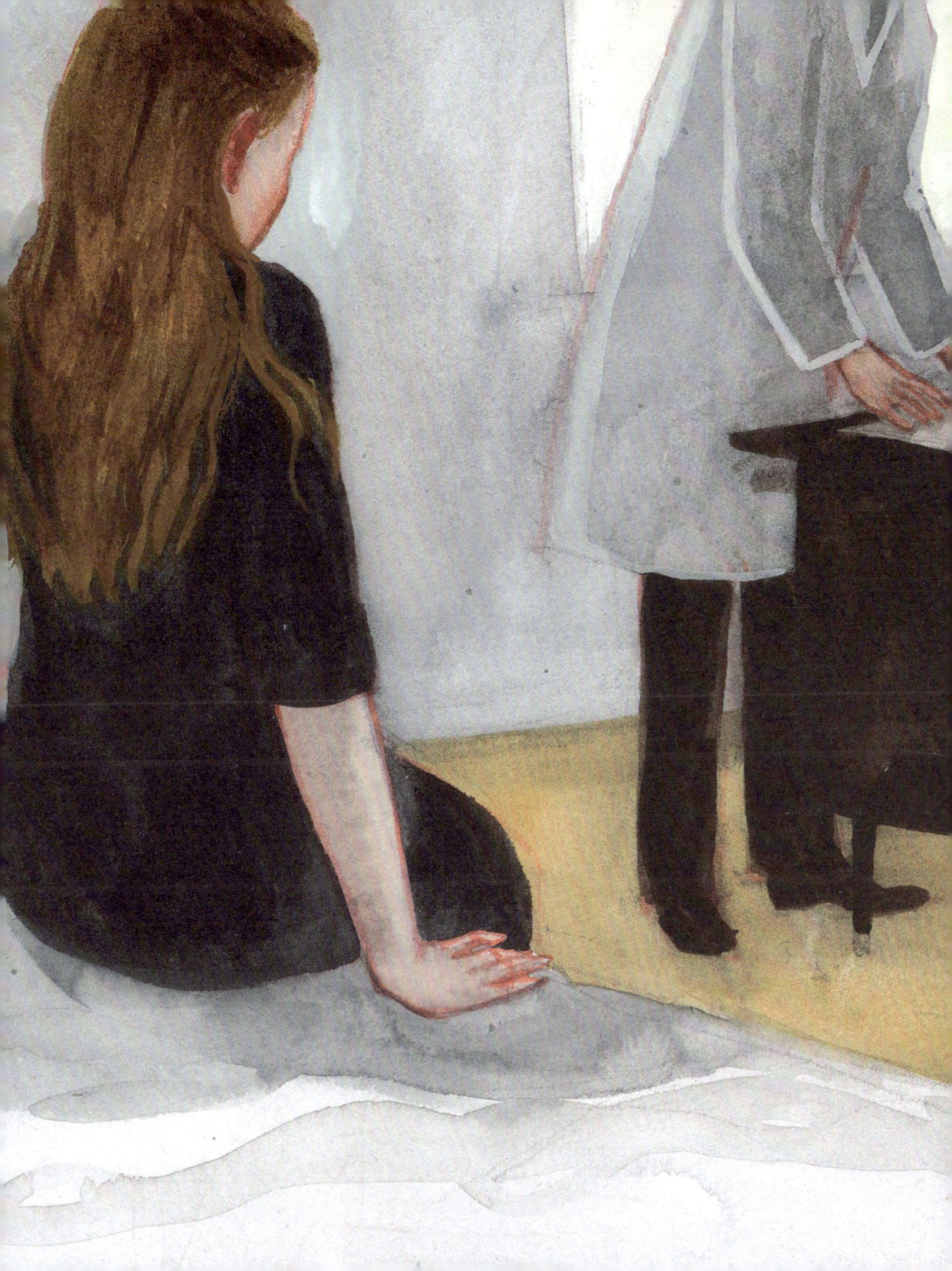

얼마나 시간이 지났는지 모르겠다.
하루하루 지나간다는 것밖에는.

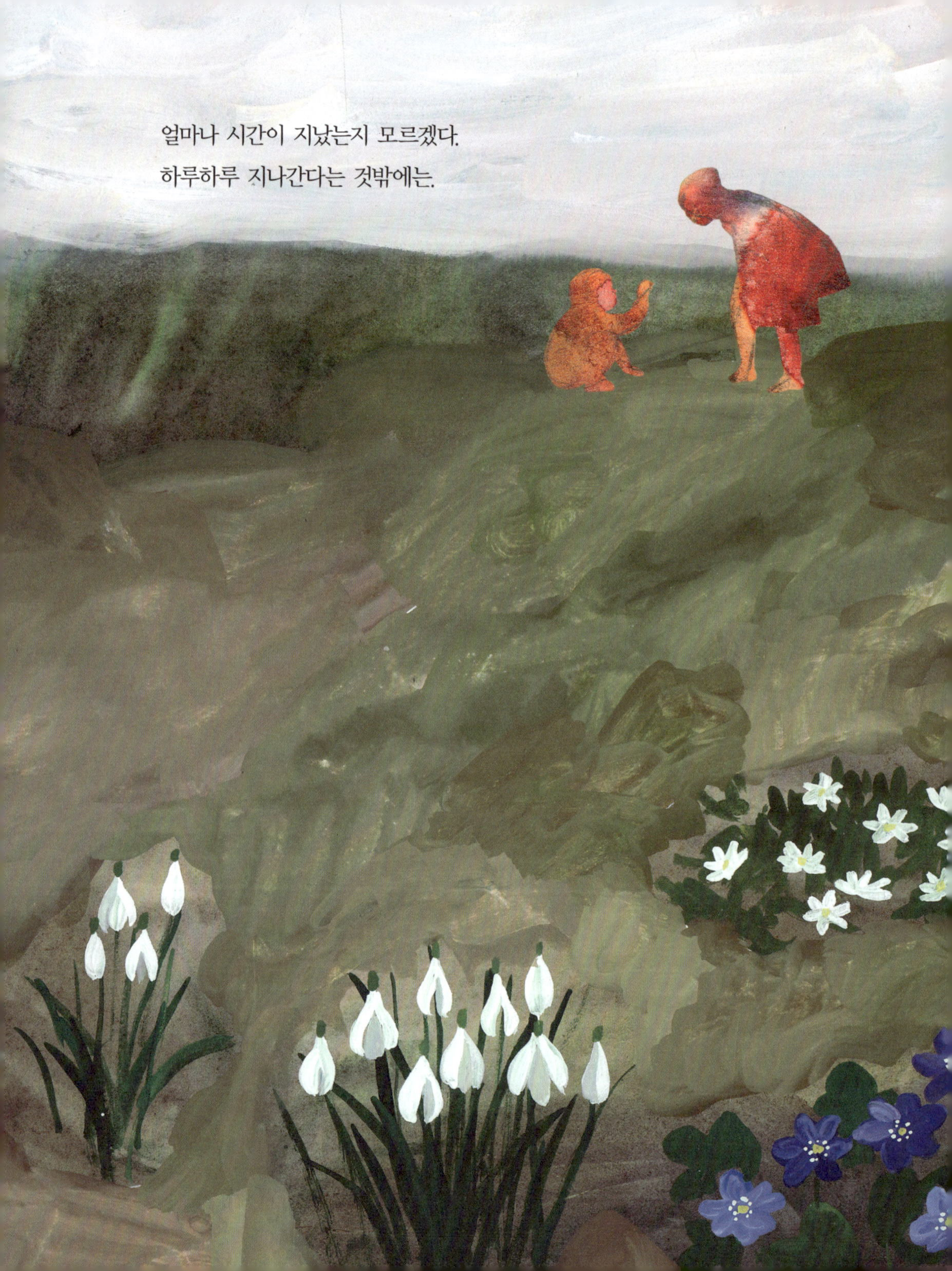

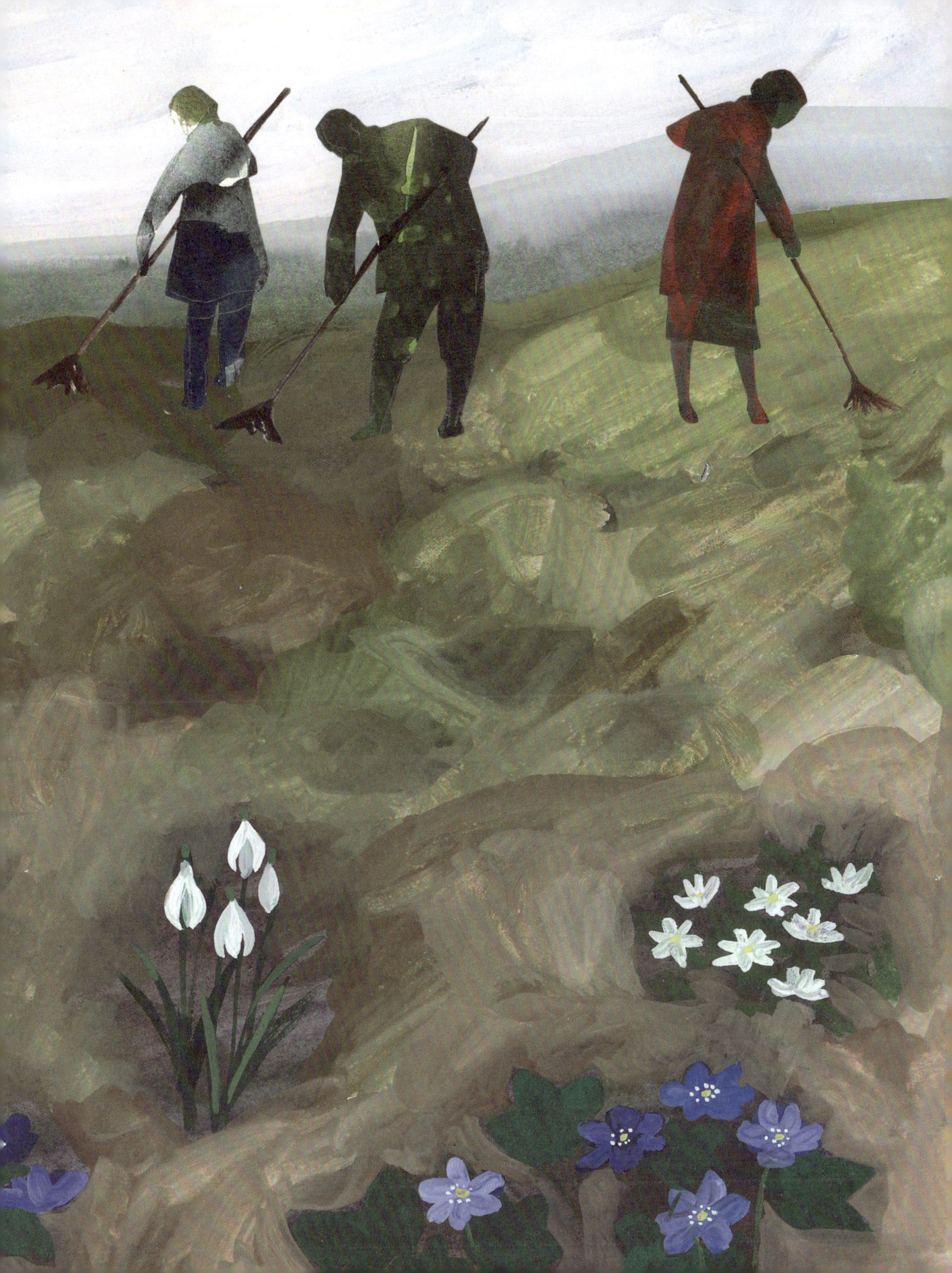

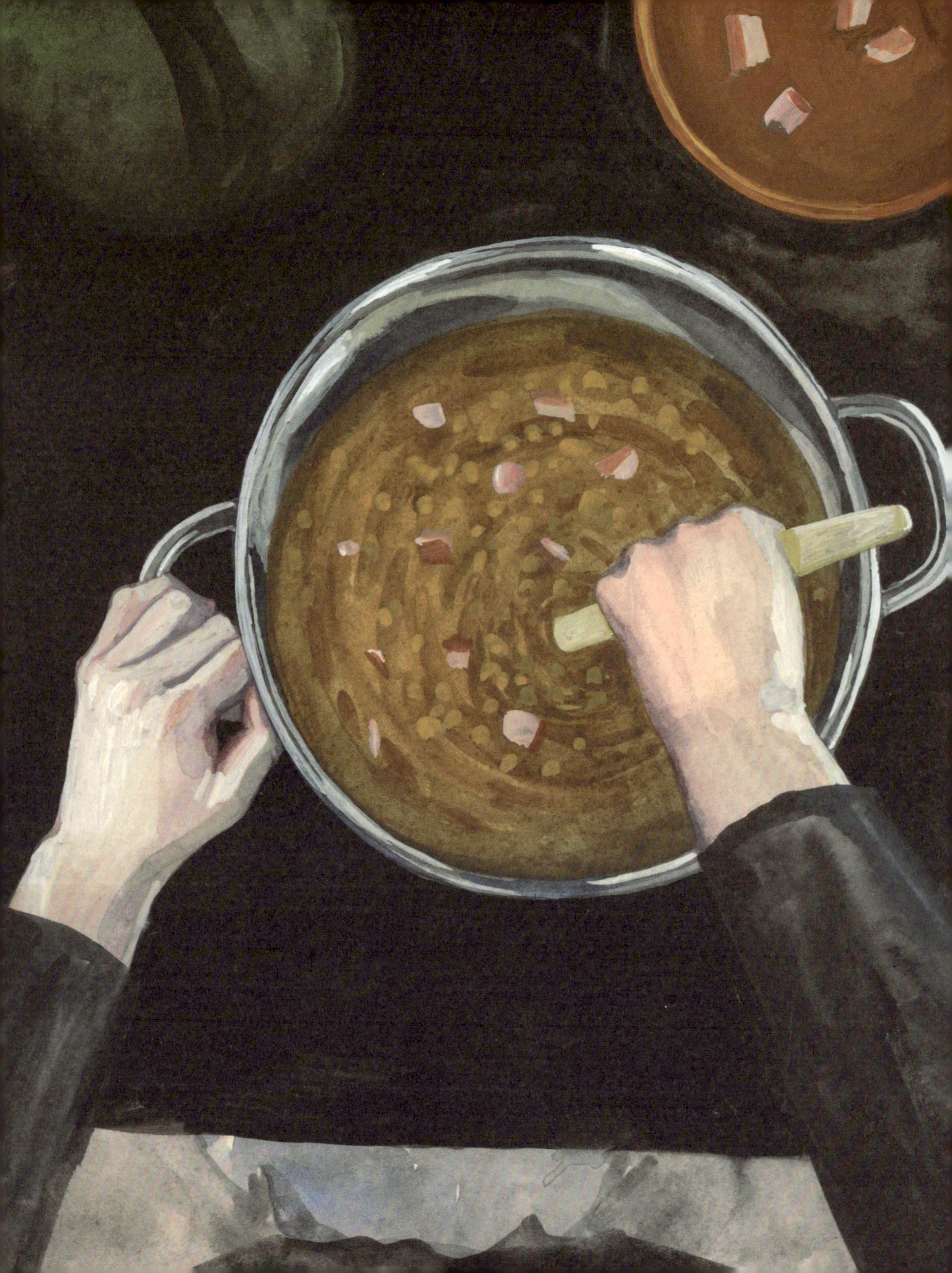

아빠는 마을 아저씨들과 밭에 나갔다.
나는 난로 앞에 서 있다.
완두 수프가 보글보글 끓고 있다.
다들 일을 마치고 배가 고프다면서 들어올 것이다.
나는 지금 상을 차려야 한다.
니세를 깨워 밥을 먹여야 한다.
마룻바닥을 쓸어야 한다.
하지만 얼어붙은 듯 나는 난로 앞에 서 있다.

눈을 감는다.
그러자 엄마가 보인다.
내가 작아진다.
엄마는 따뜻하다.

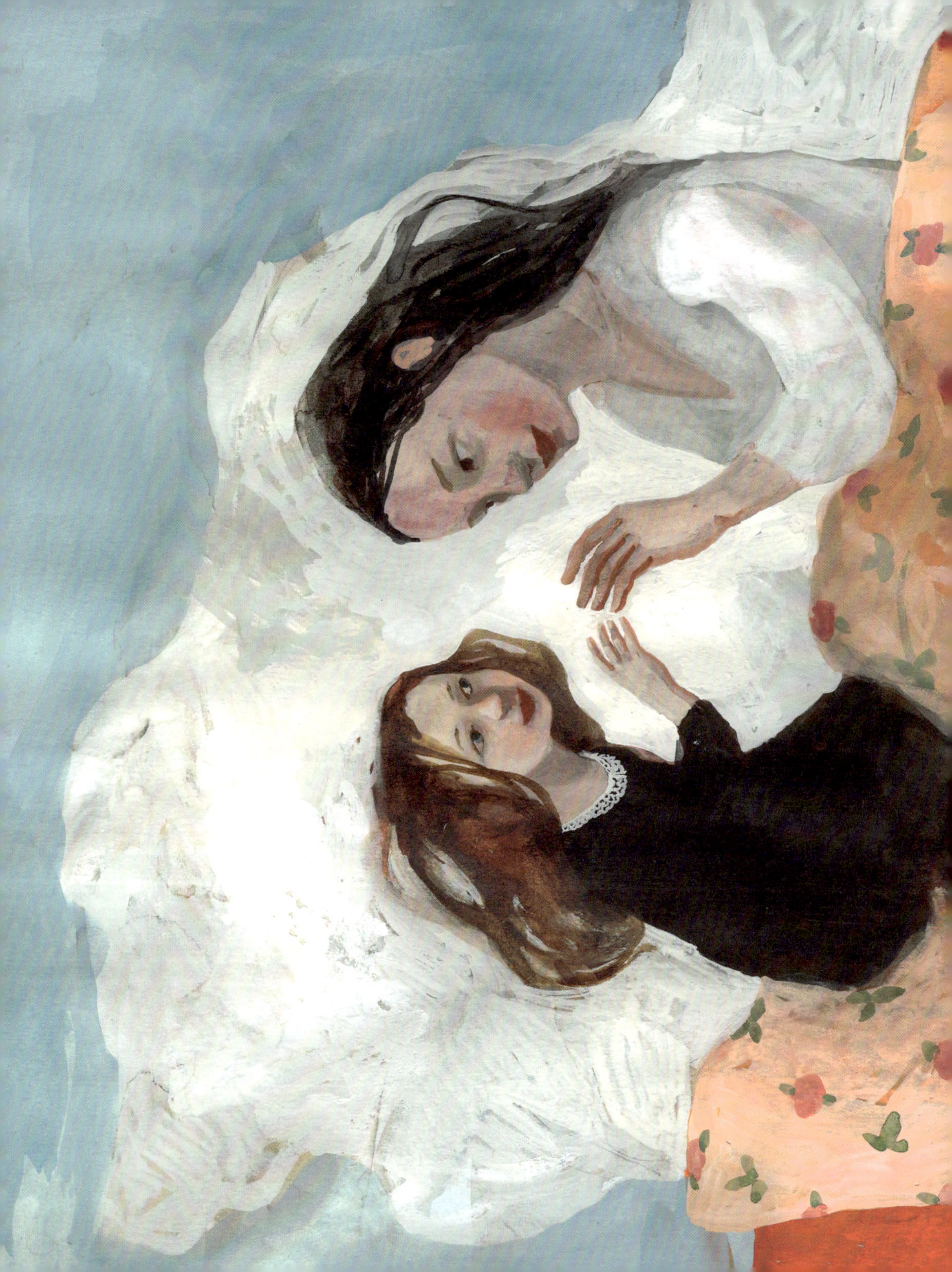

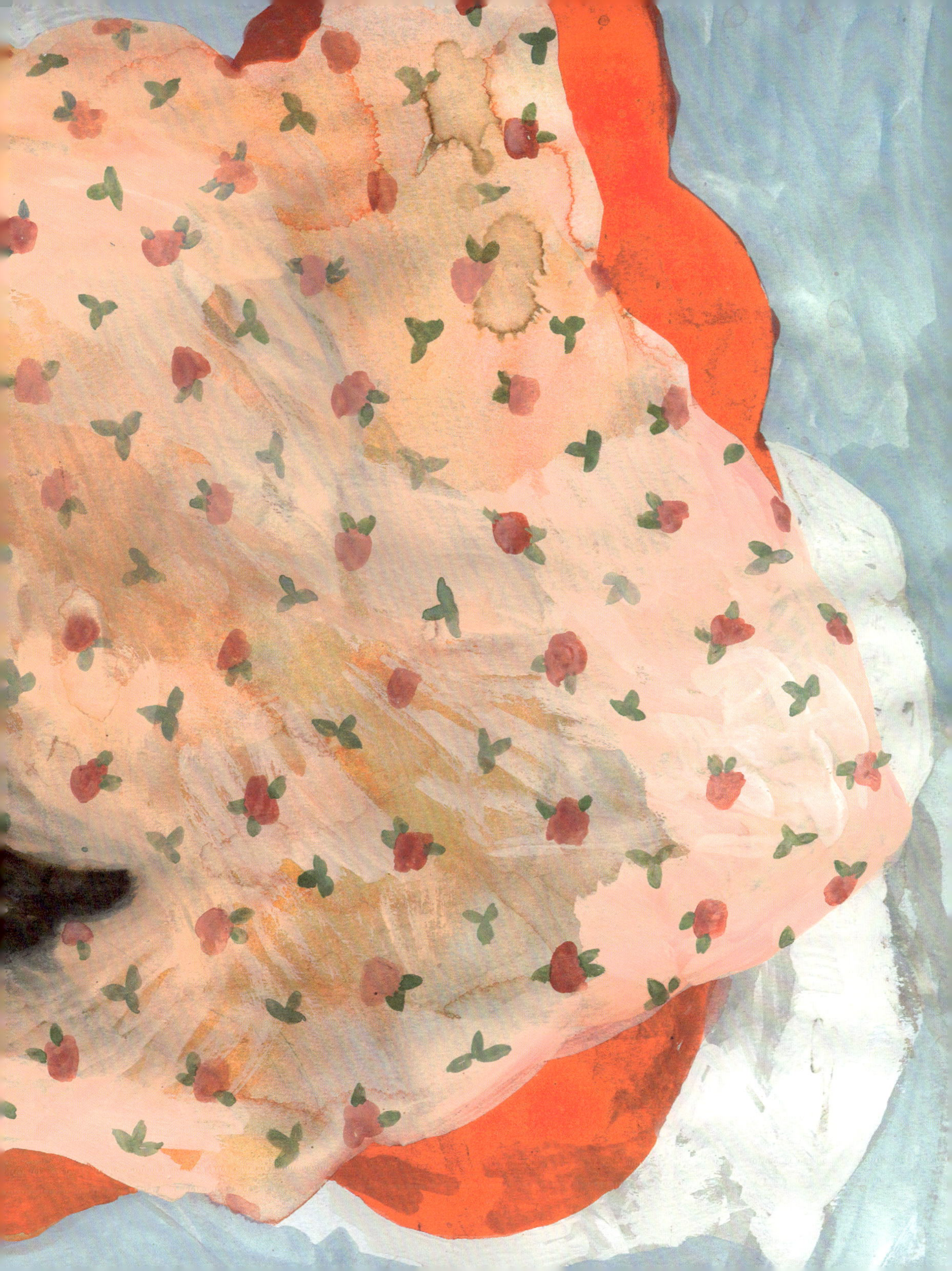

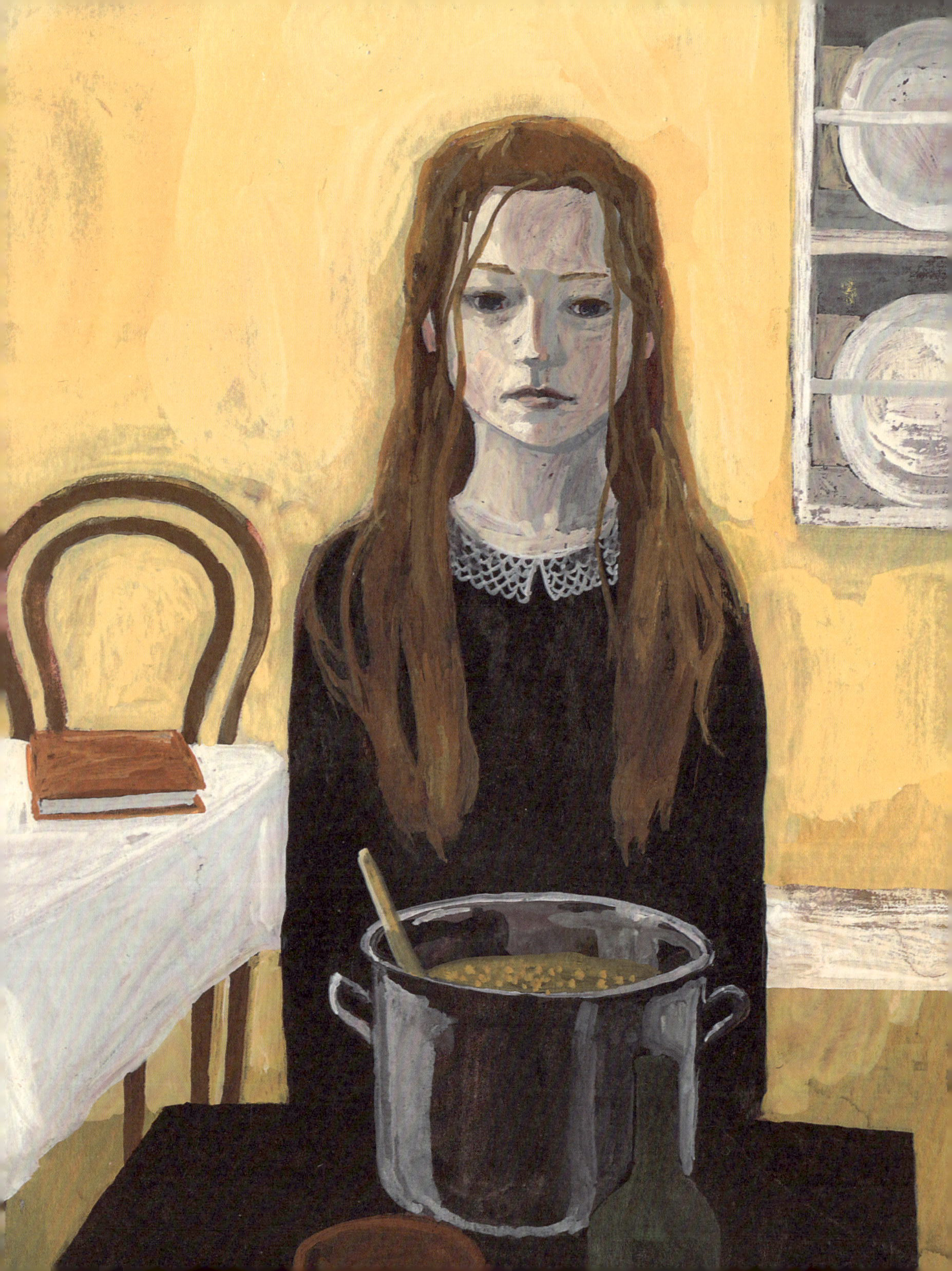

문득 어떤 생각이 머리에 떠오른다.
어떻게 그럴 용기가 났는지 모르겠다.
다들 화를 내겠지.

나는 책을 한 권 가져와서
난로를 등지고 식탁 의자에 앉는다.

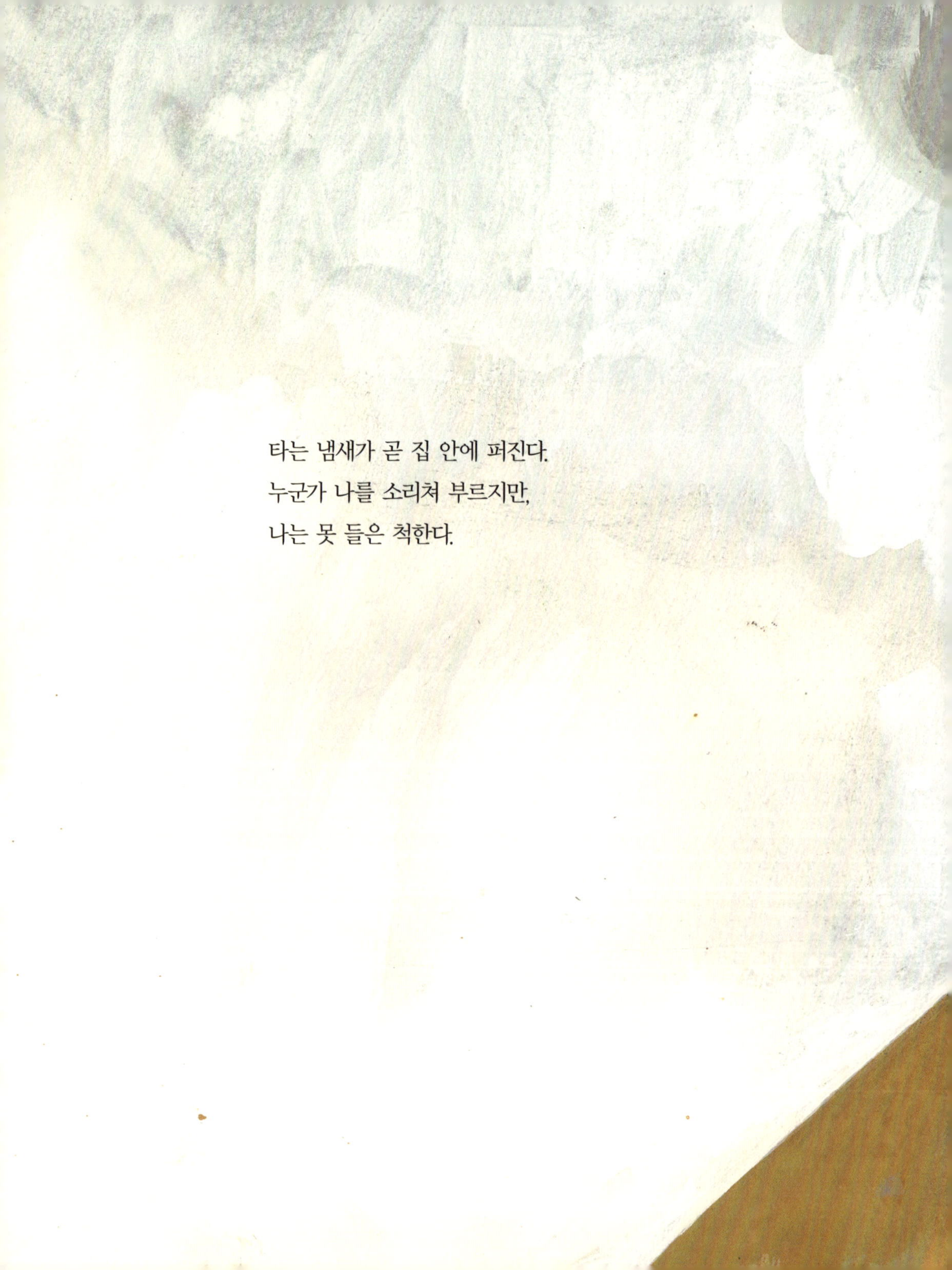

타는 냄새가 곧 집 안에 퍼진다.
누군가 나를 소리쳐 부르지만,
나는 못 들은 척한다.

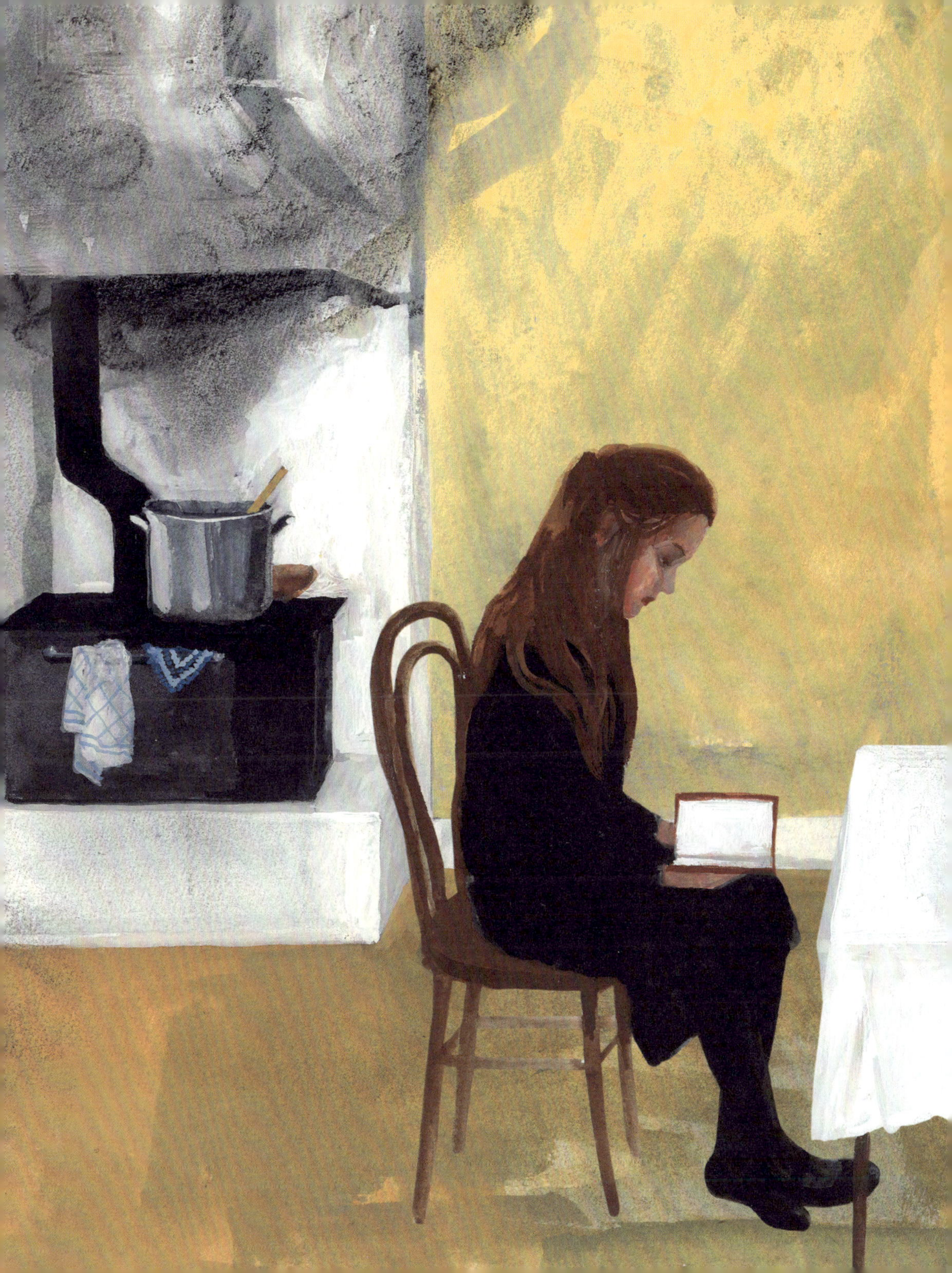

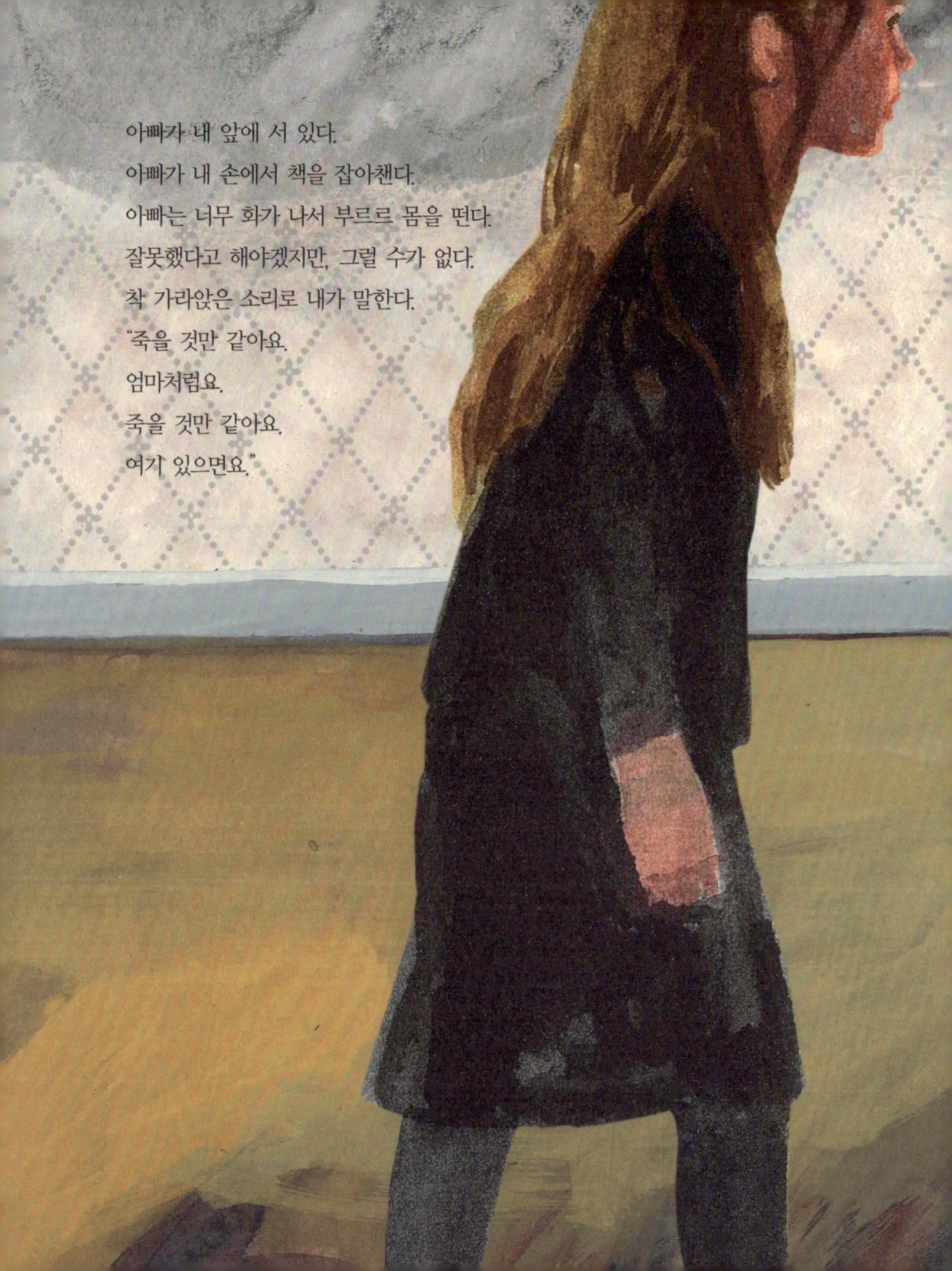

아빠가 내 앞에 서 있다.
아빠가 내 손에서 책을 잡아챈다.
아빠는 너무 화가 나서 부르르 몸을 떤다.
잘못했다고 해야겠지만, 그럴 수가 없다.
착 가라앉은 소리로 내가 말한다.
"죽을 것만 같아요.
엄마처럼요.
죽을 것만 같아요.
여기 있으면요."

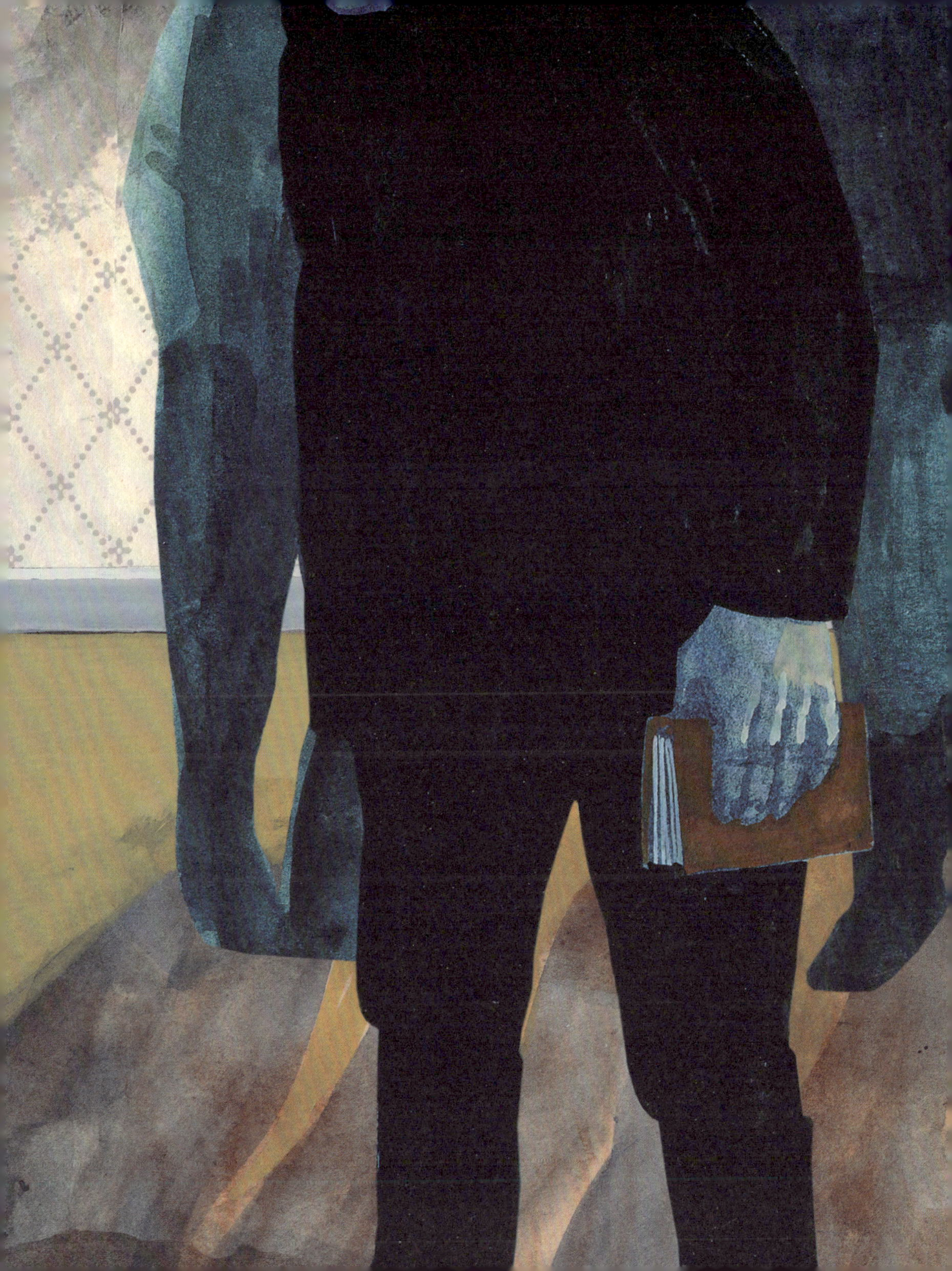

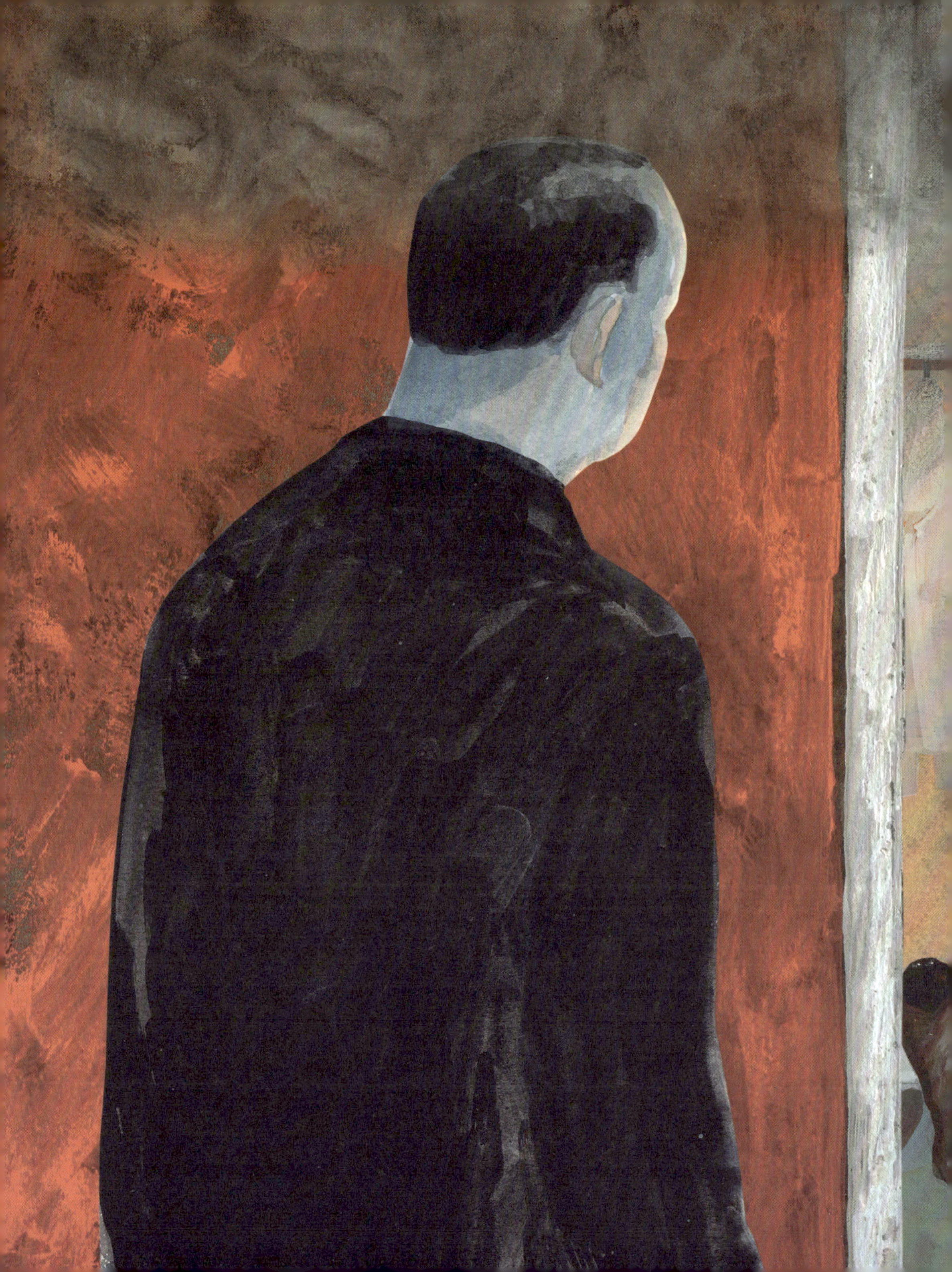

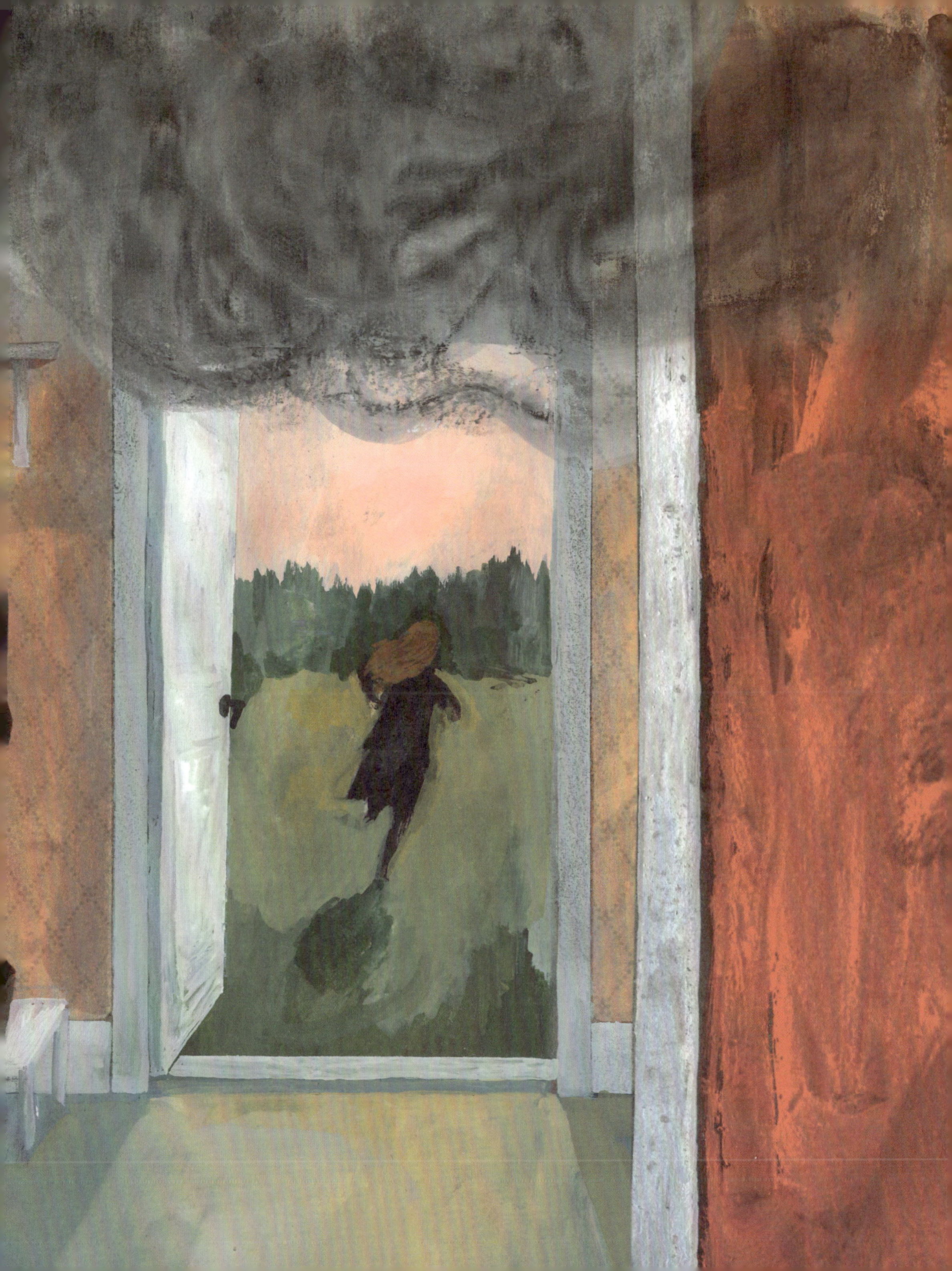

내가 완두 수프를 태우고 나서 모든 게 달라졌다.
아빠는 아무런 말이 없다.

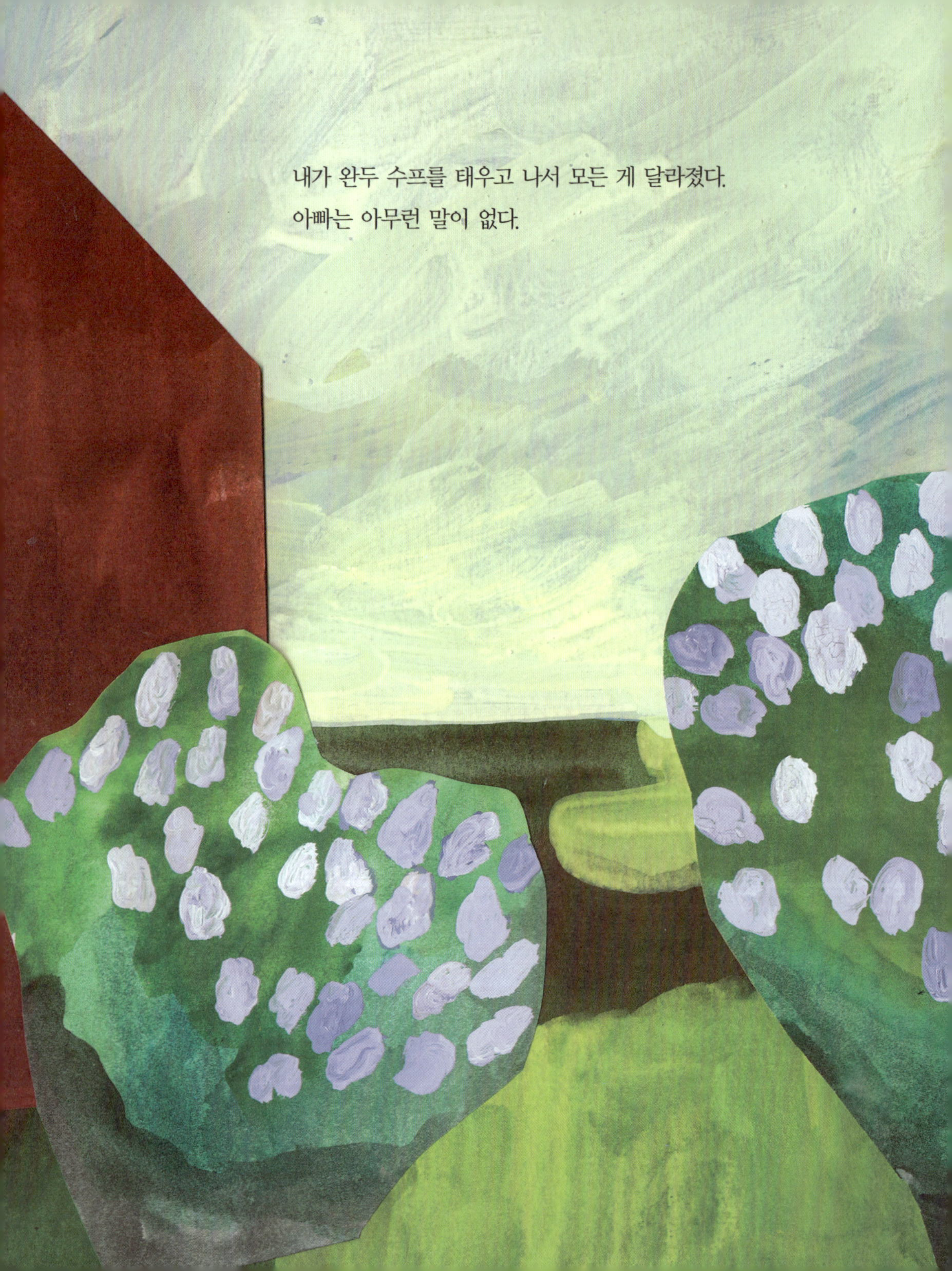

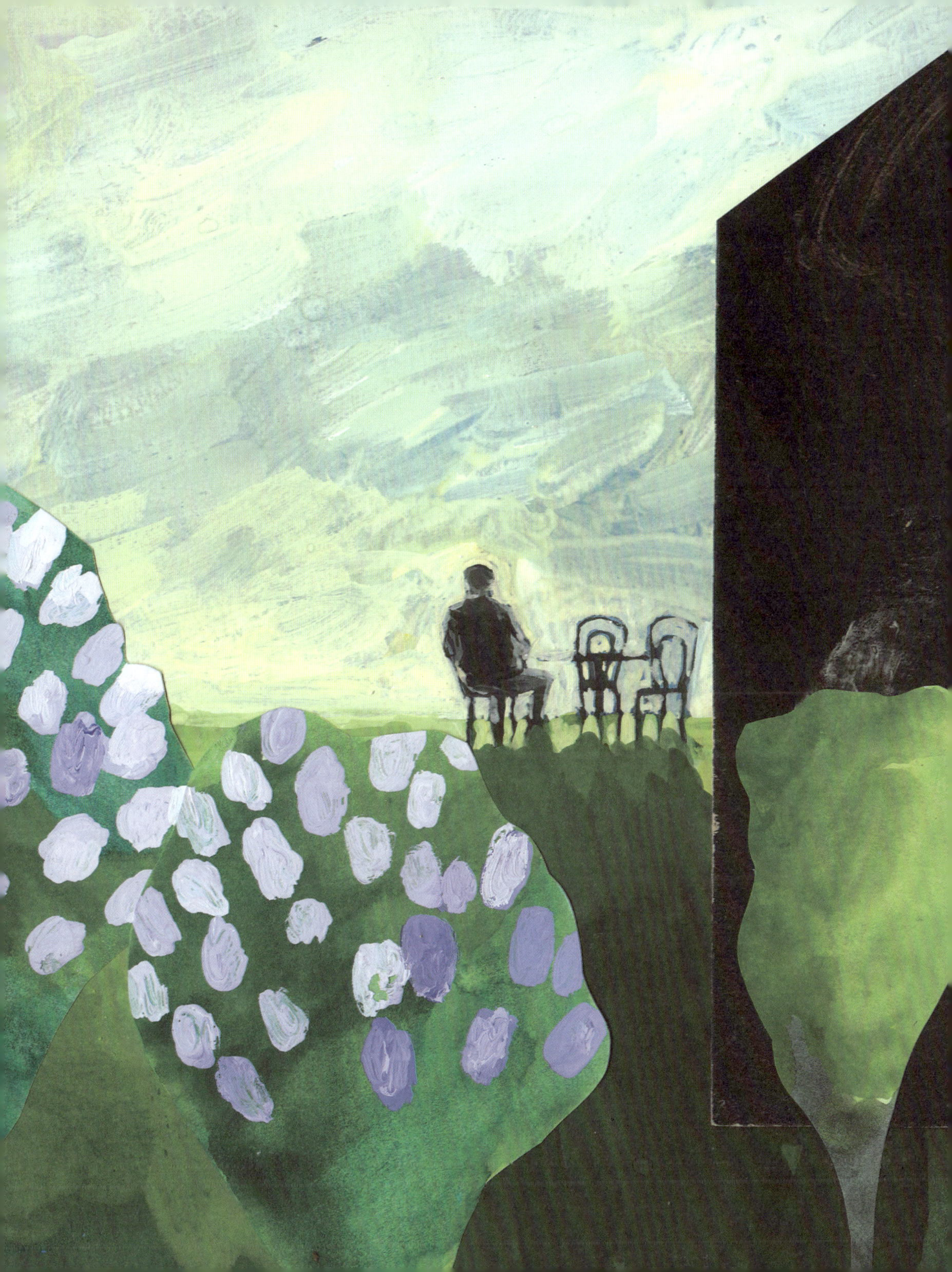

율리아 언니는 감기가 들었다.

엄마 장례식을 마친 뒤에도 할 일이 많았다.

"여름 지나고 다시 올게."

언니가 옷단을 핀으로 고정하며 말한다.

언니가 간절하다는 게 느껴진다.

나도 곧 졸업이다.

우리는 박박 문질러서 드레스 핏자국을 없앴다.

그래도 자세히 보면 아주 희미하게는 보일 거다.

이것 말고는 드레스가 깨끗하다.

언니가 나를 바라본다.

"아, 정말 곱구나!"

언니 말투가 엄마를 빼닮았다.

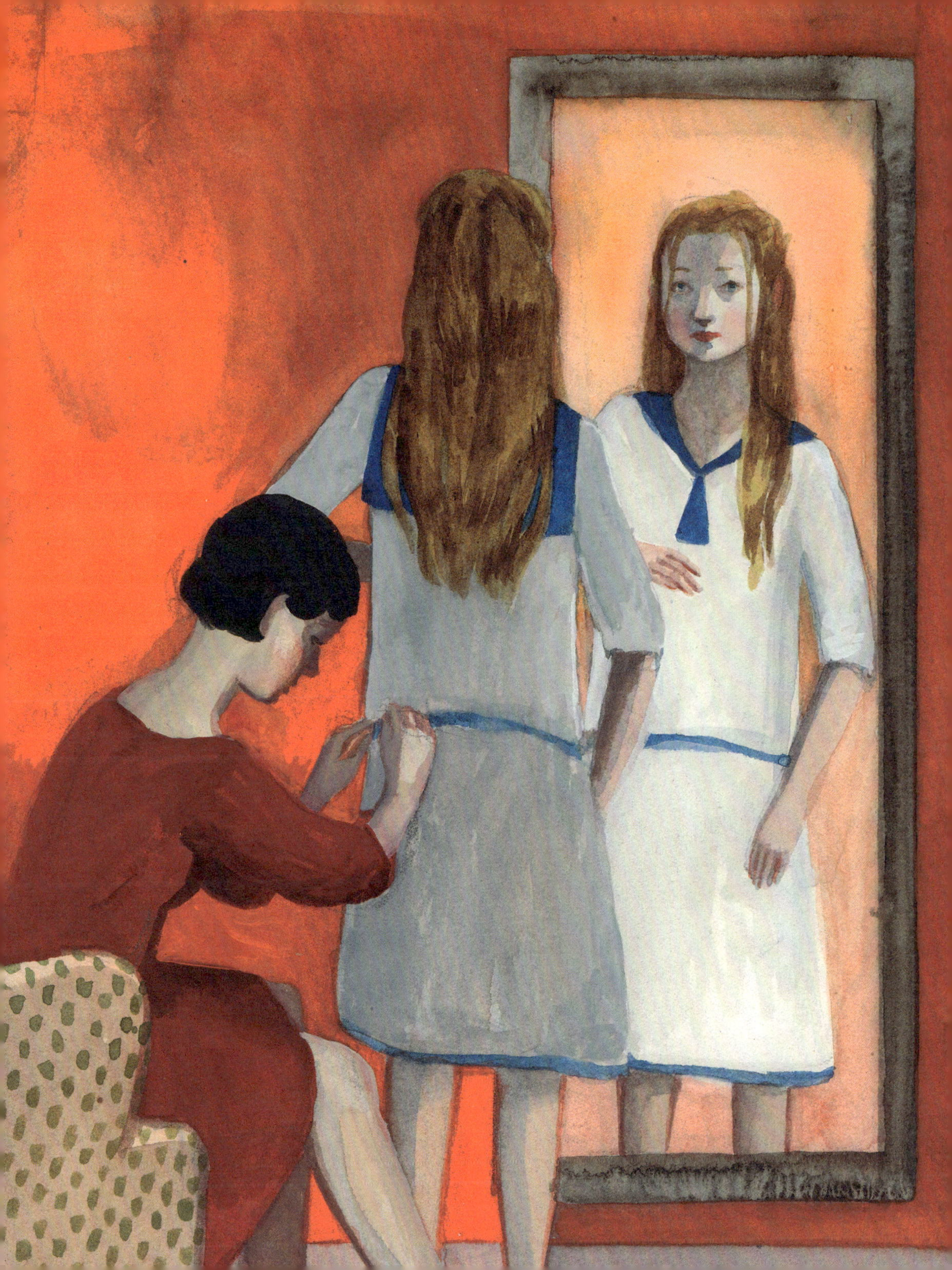

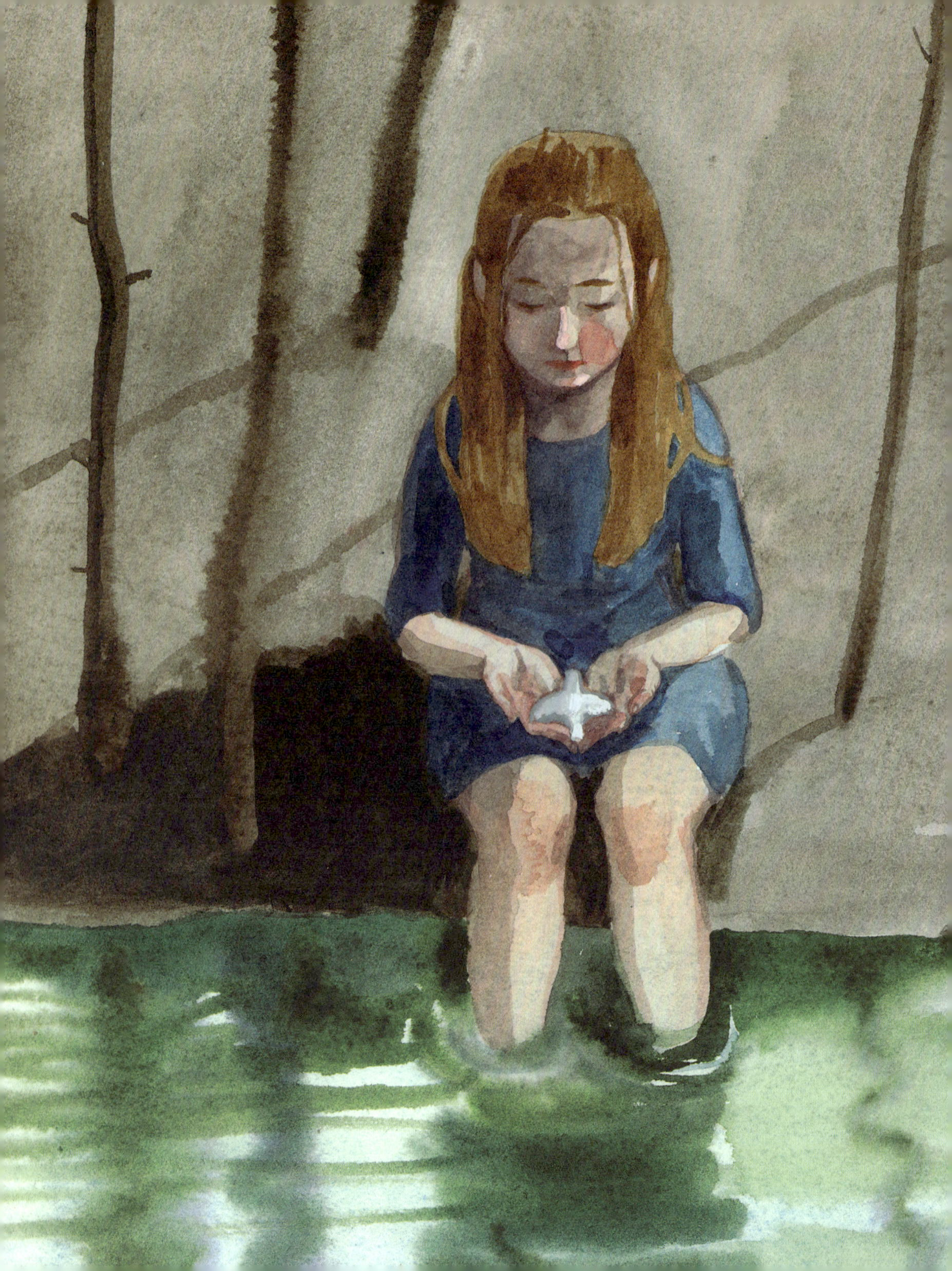

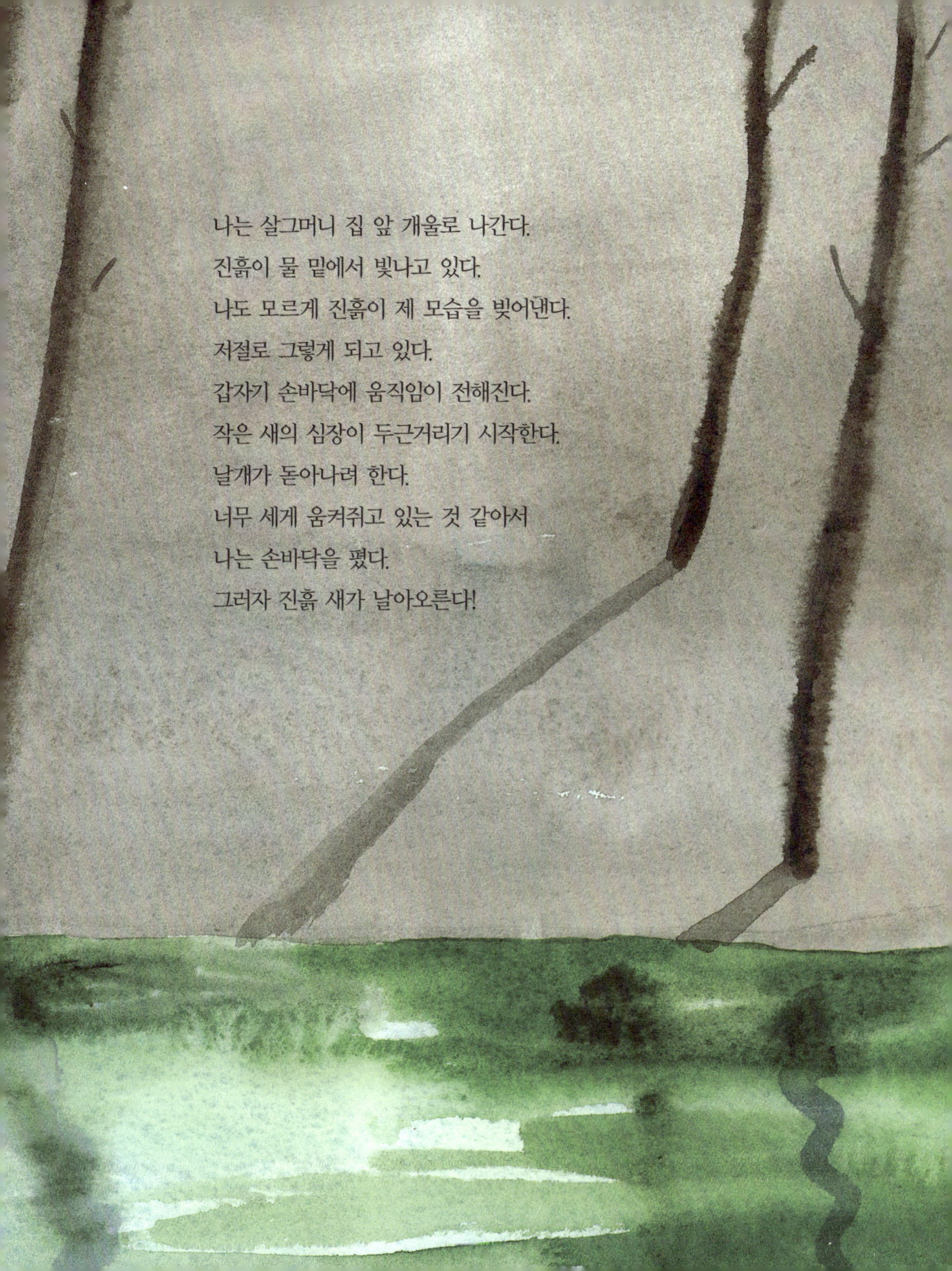

나는 살그머니 집 앞 개울로 나간다.
진흙이 물 밑에서 빛나고 있다.
나도 모르게 진흙이 제 모습을 빚어낸다.
저절로 그렇게 되고 있다.
갑자기 손바닥에 움직임이 전해진다.
작은 새의 심장이 두근거리기 시작한다.
날개가 돋아나려 한다.
너무 세게 움켜쥐고 있는 것 같아서
나는 손바닥을 폈다.
그러자 진흙 새가 날아오른다!

집에 들어와 보니 아빠가 부엌에 앉아 있다.

아빠는 몹시 나이 들어 보인다.

내 그림들을 손에 들고 있다.

내가 버린 그림을 모아 놓은 걸까?

아빠가 그림들을 조심스럽게 넘기다가 나를 올려다본다.

"애야, 의사 선생님과 얘기해 보았다.

네가 이곳을 떠나도 될 것 같다.

우린 잘해 나갈 거야."

무슨 말을 해야 할지 모르겠다.

아빠가 나에게 손을 내밀었다.

아빠의 손은 까슬까슬하지만 따뜻하다.

나는 아빠 곁에 앉는다.

아빠의 눈빛에 초조한 빛이 담겨 있다.

"너는 가사관리사가 될 사람이 아니야."

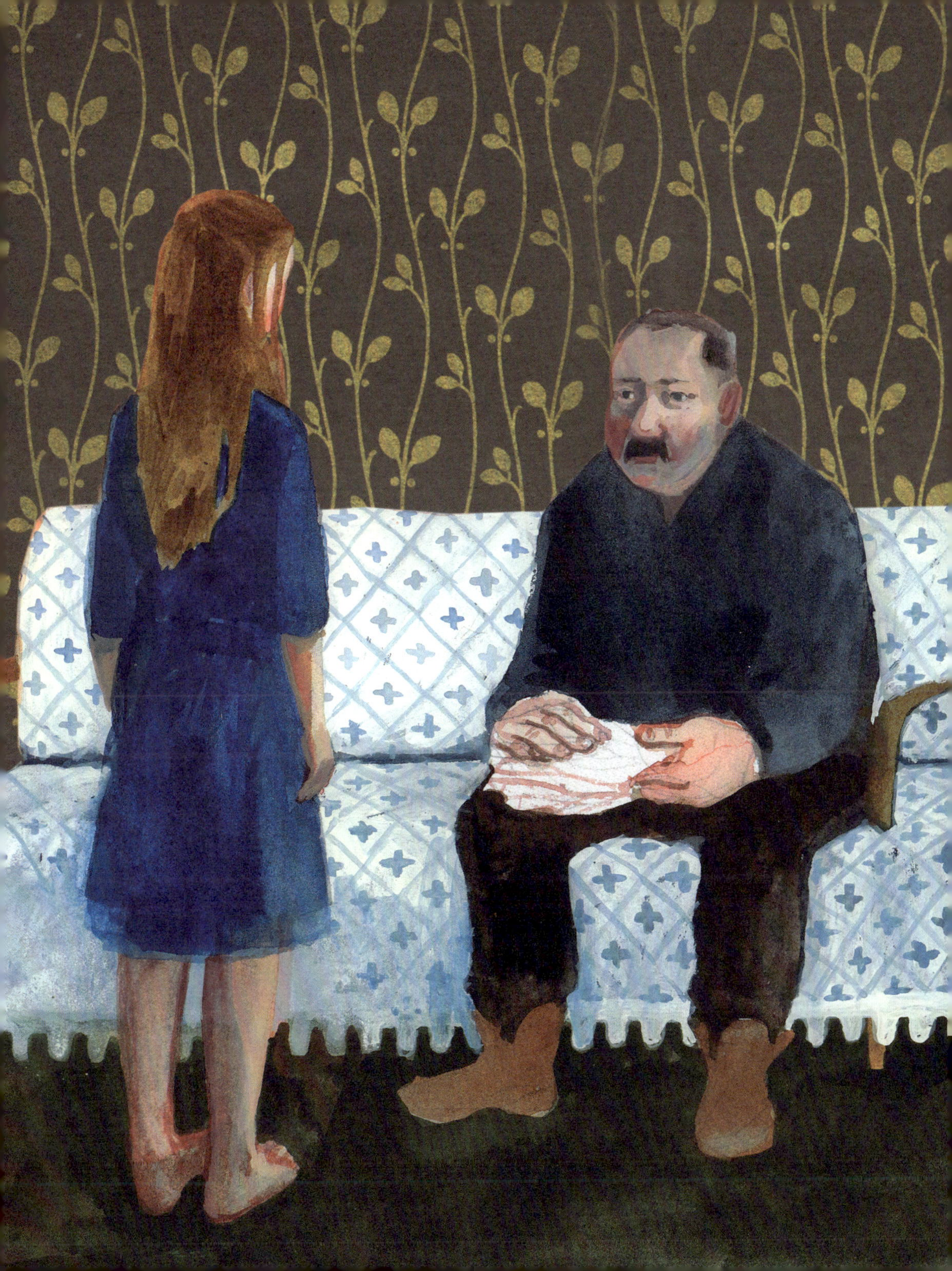

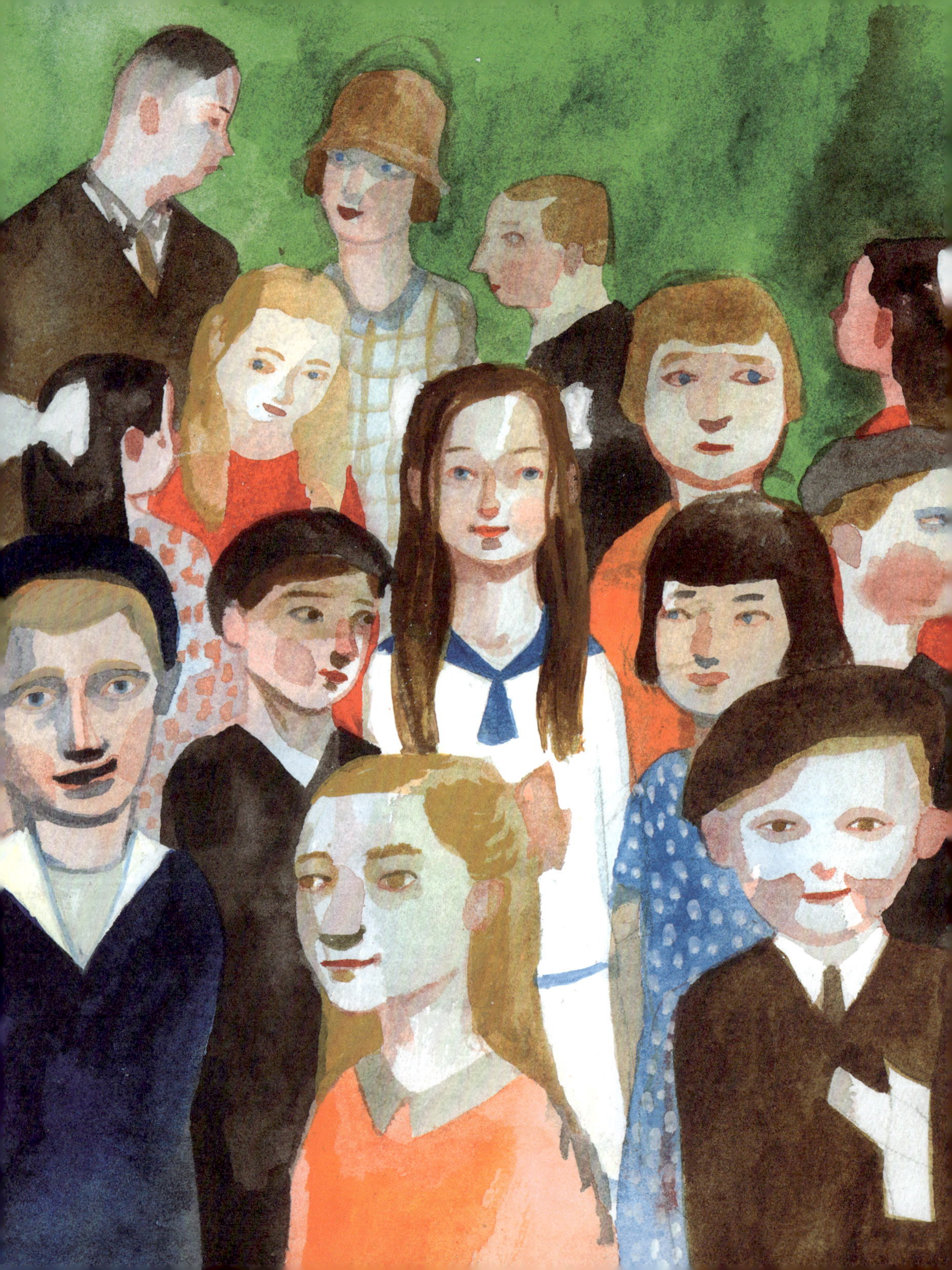

선생님이 말씀 중이다.
우리는 학교 운동장에 비좁게 모여 있다.
아빠도, 율리아 언니도, 군나 언니도 있다.
그리고 니세도 와 있다.

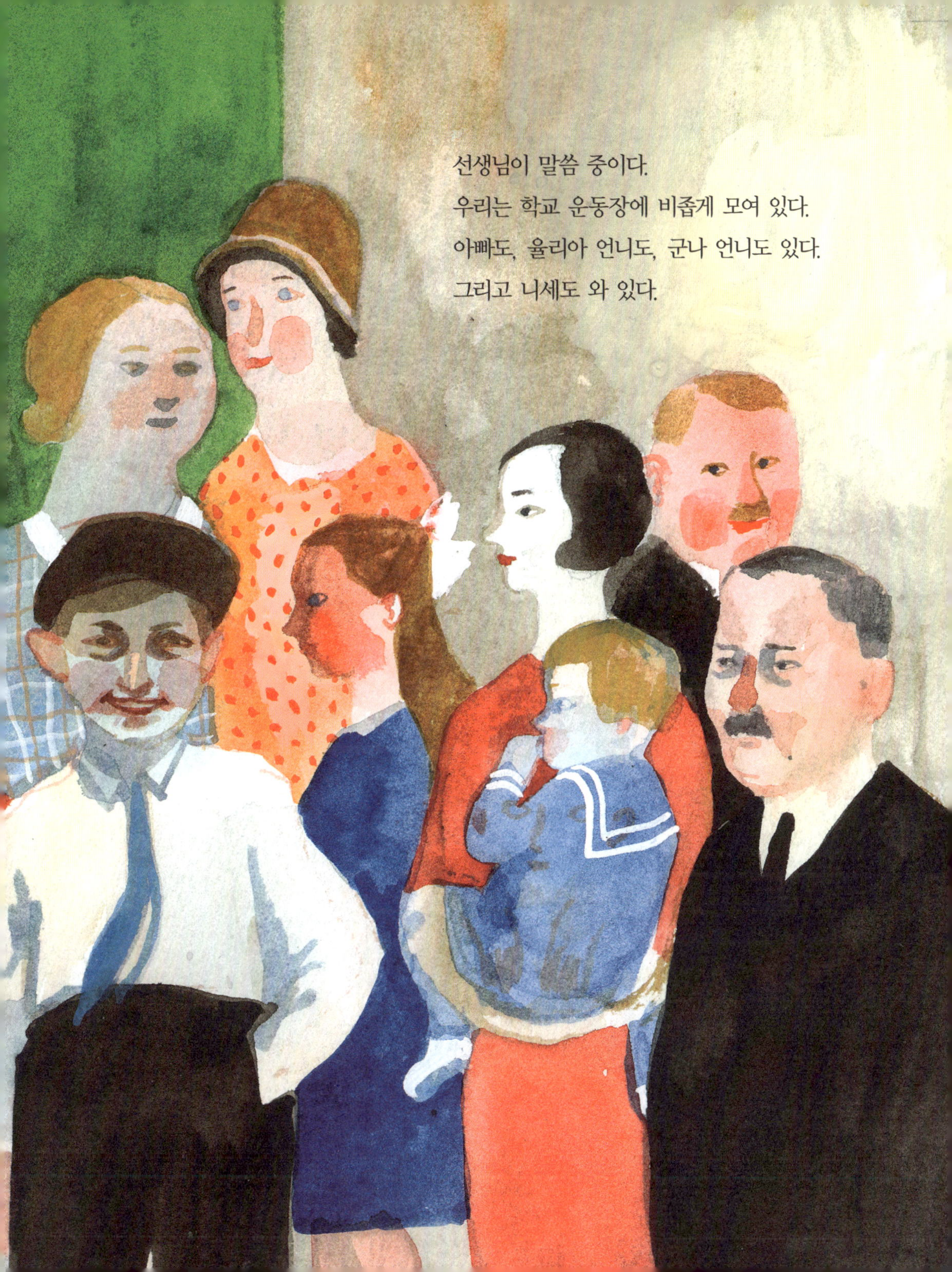

가장 마음에 드는 그림을 고른다.
응접실 벽에 걸 수 있지 않을까?
두렵고 불안한 표정으로
진찰을 기다리는 사람들이 볼 수 있도록.
초인종을 누른다.
의사 선생님이 문을 열고는 놀란 듯 나를 쳐다본다.
그림을 내미는데 뺨이 달아오른다.
"고마워. 참 예쁜 그림이네."
기쁜 표정이 의사 선생님 얼굴에 떠오른다.
의사 선생님이 나를 안으로 맞이한다.
그림들이 걸려 있는 응접실로.

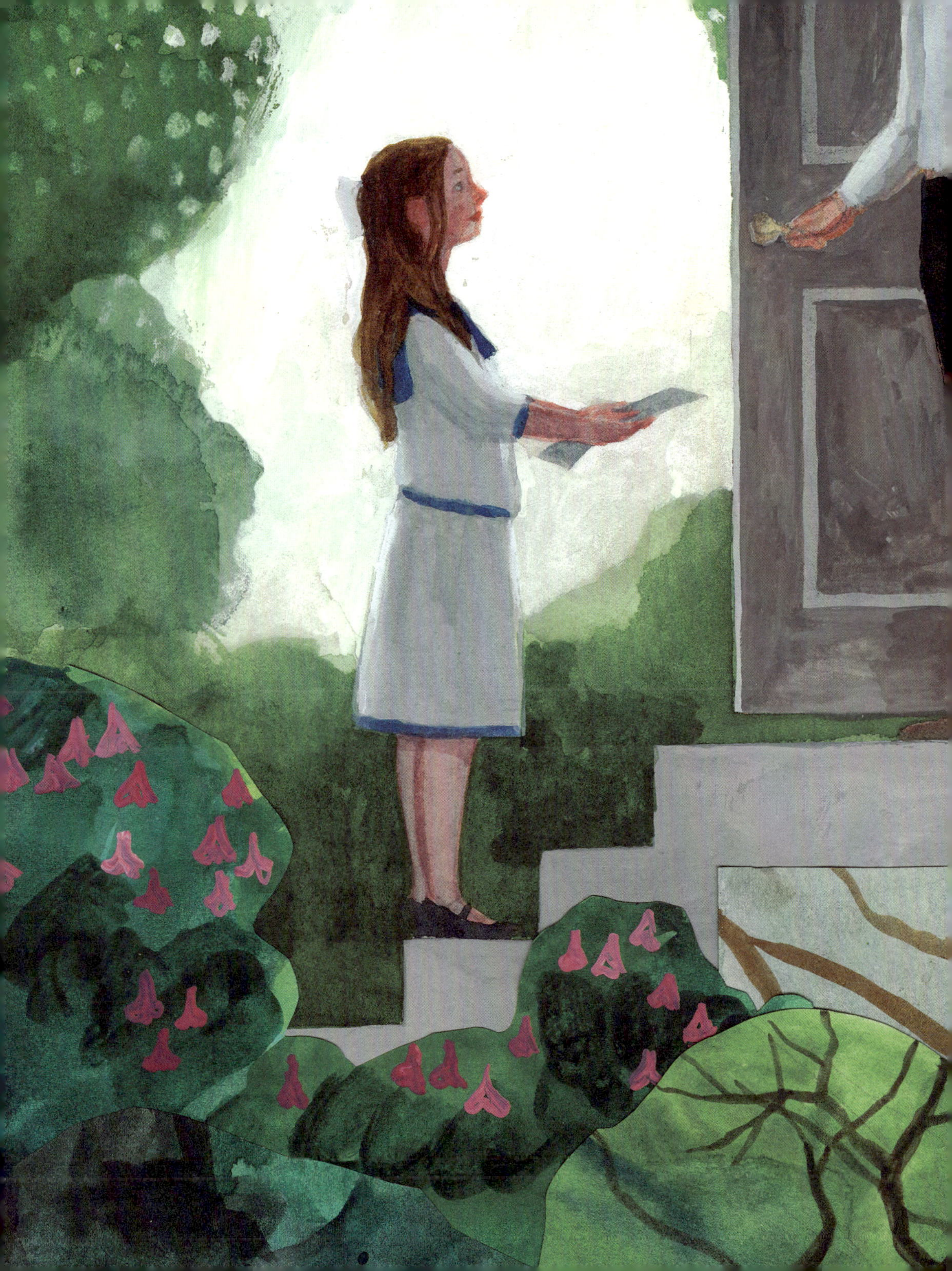

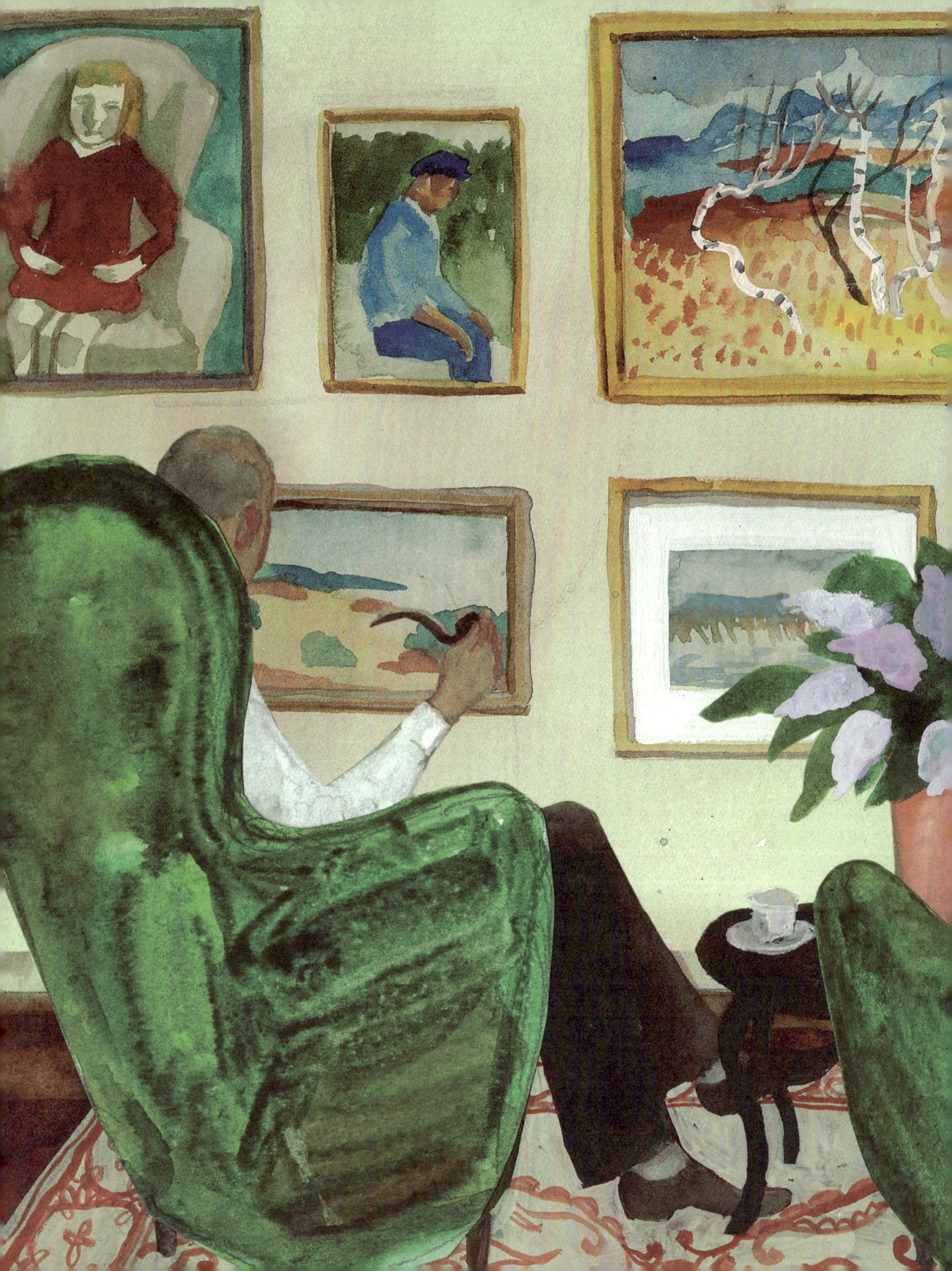

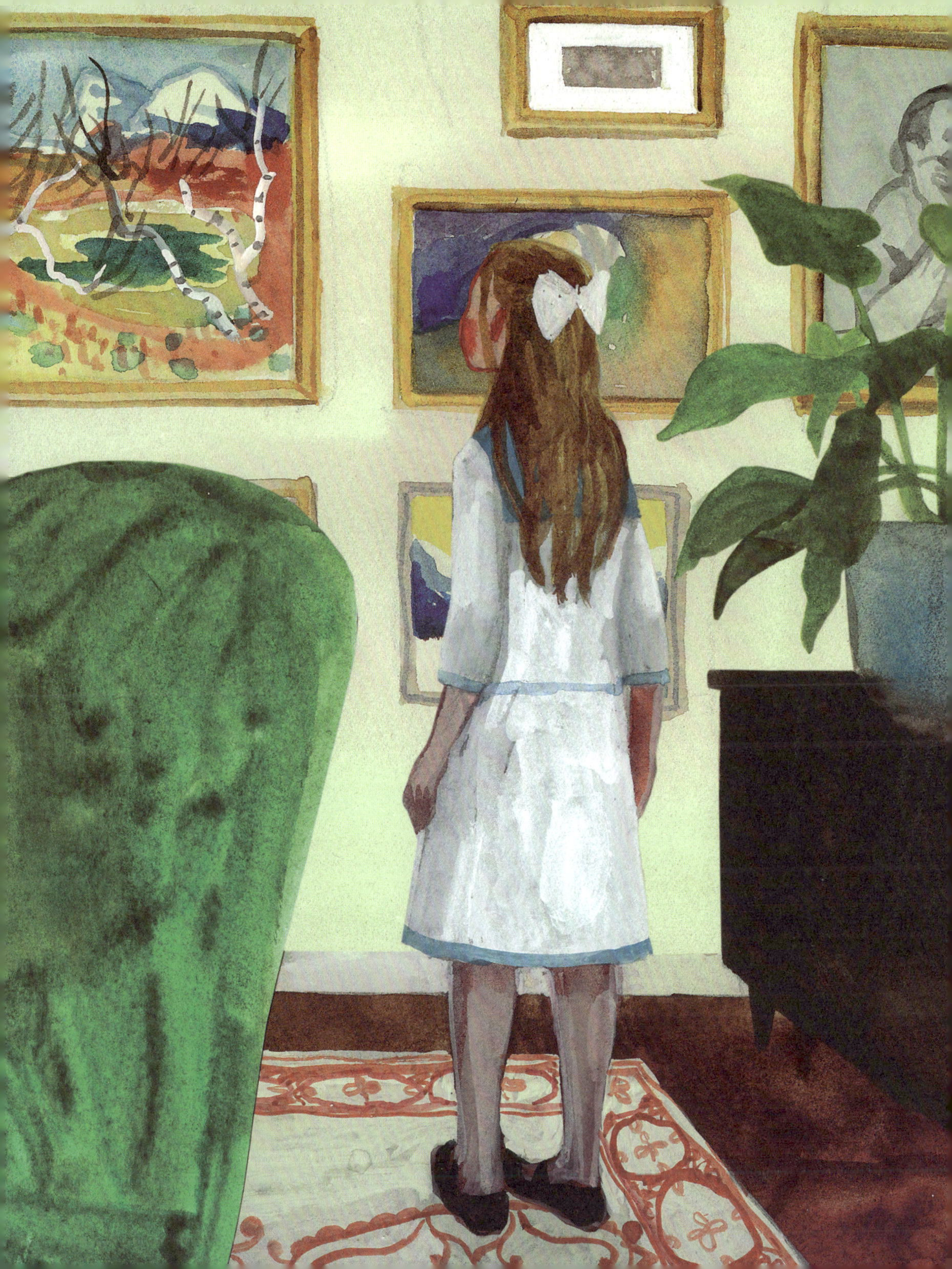

몸이 꿈틀거린다.
그림을 그리고 싶다.
모든 것을 종이에 옮기고 싶다.
내가 본 것을 잊지 말아야 한다.
이곳을 떠나려니 조금은 두렵다.
그러나 떠나야겠지.
원하는 곳으로 날아가야 할
새 한 마리가
내 안에 있으니…….

여름이 끝나면 나는 간다.
새 학교로, 새 도시로,
내가 나다울 수 있는 그곳으로.

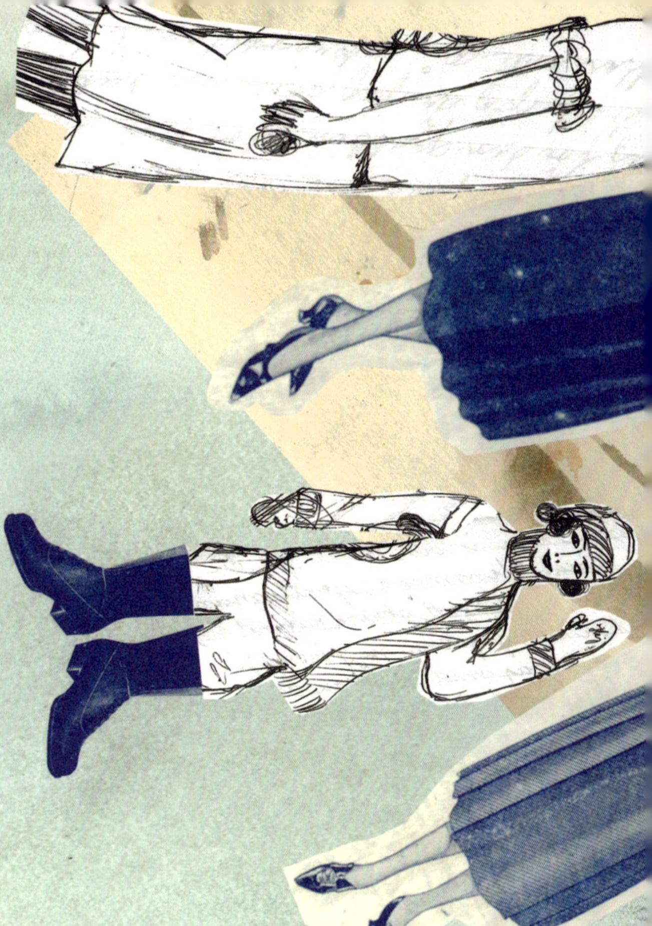

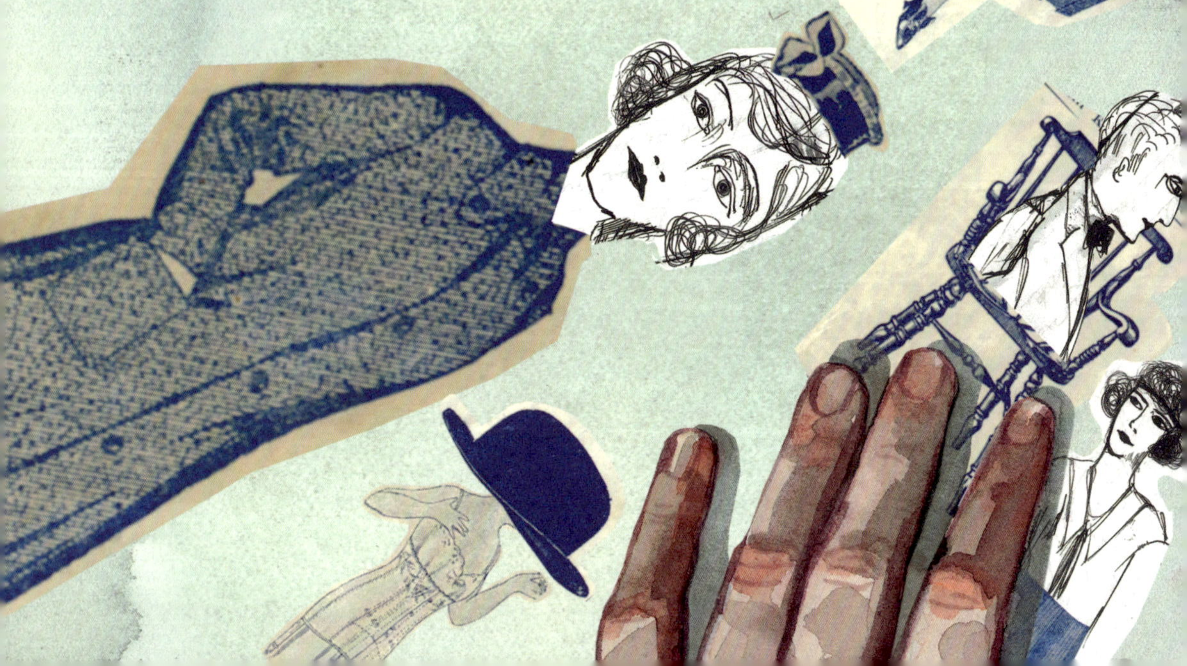

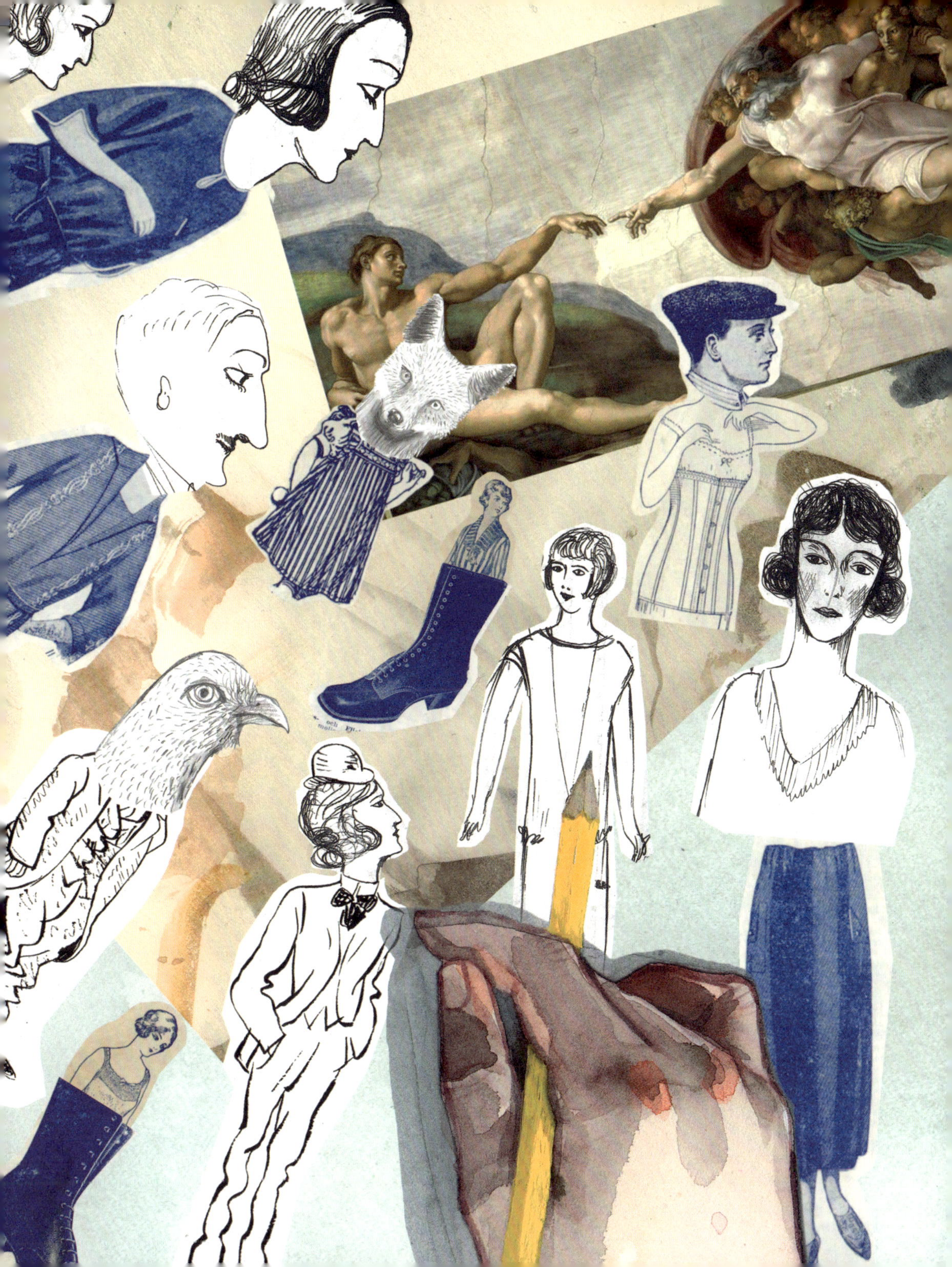

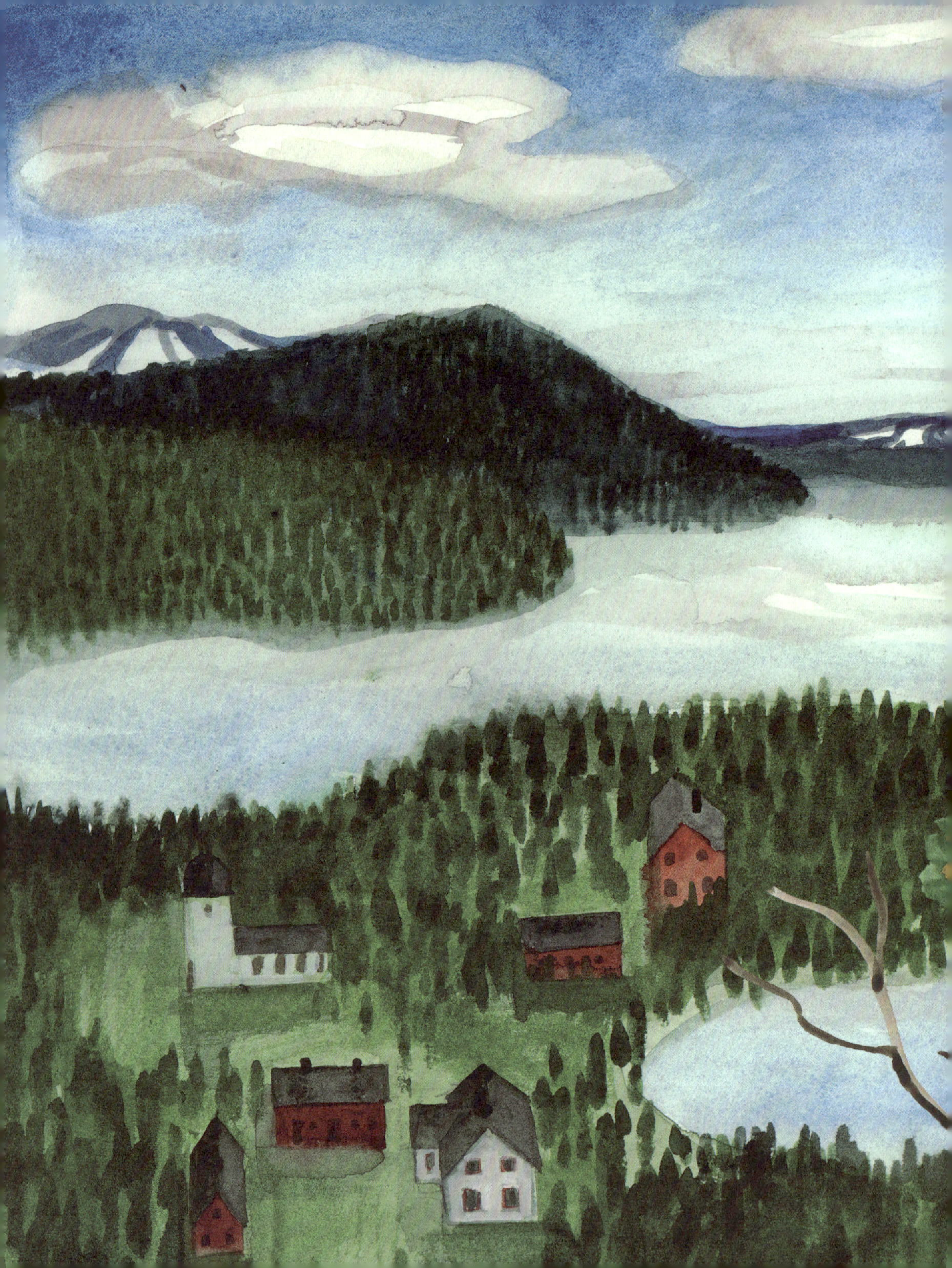

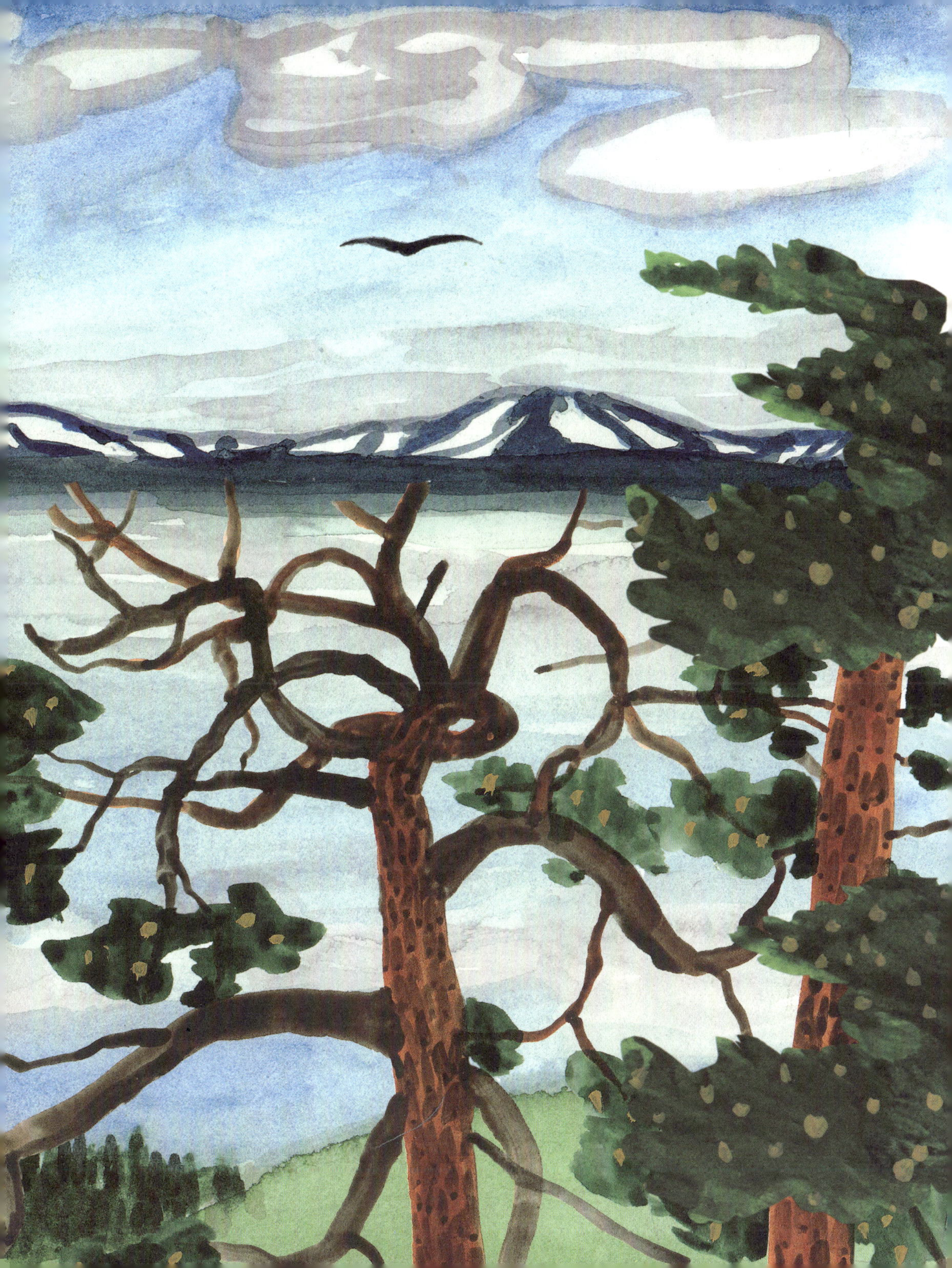

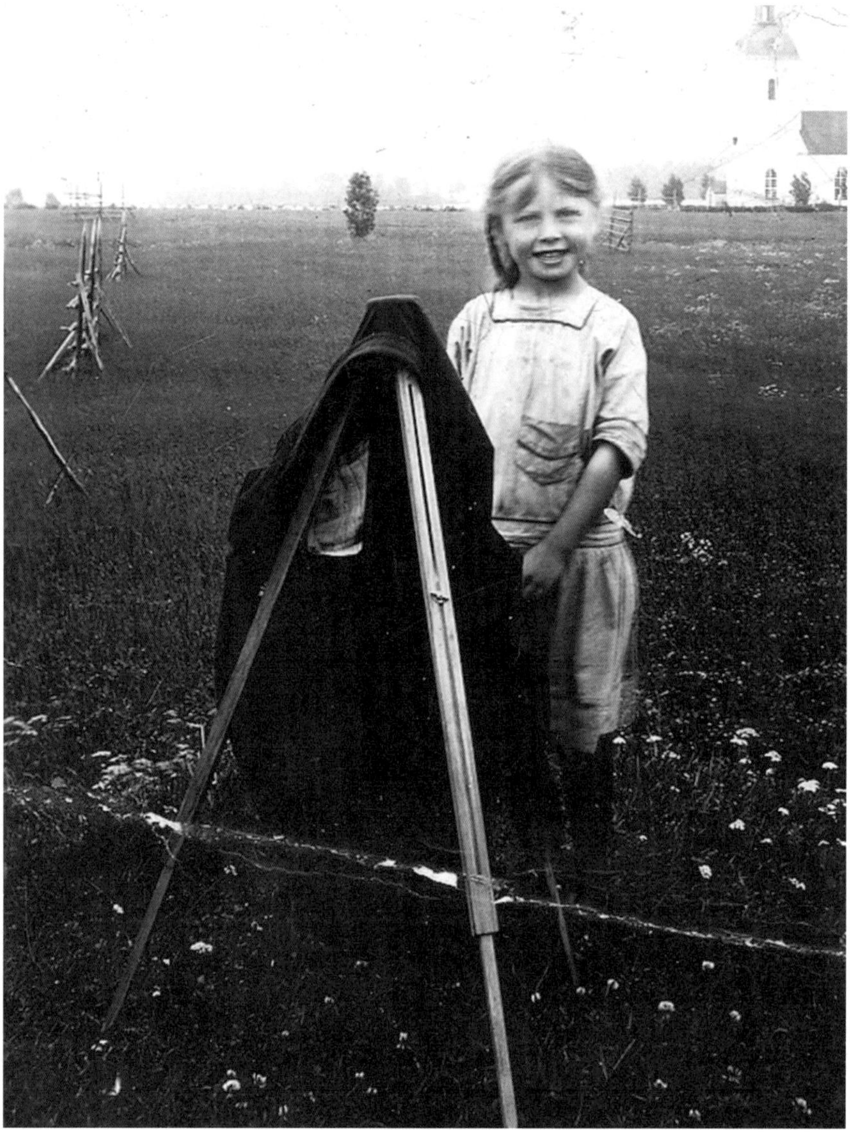

함메달의 풀밭에서, 1916년 무렵.

베타 한손(1910~1994)

나만의 길을 떠나다

베타 한손은 떠나고 싶었습니다. 작은 고향 마을 너머 세상을 알고 싶었습니다.

"안 돼! 나는 너희를 농장에 데리고 있을 거다."

아빠의 대답은 언제나 똑같습니다.

바짝 타 버린 돼지고기와 완두 수프의 고약한 냄새가 집 안에 가득한데도, 베타는 의자에 앉아서 책을 읽습니다. 농사일에 파김치가 되어 아빠와 마을 사람들이 돌아올 때까지요. 화가 머리끝까지 난 아빠가 소리를 지릅니다.

"이런 모자란 녀석!"

농장 일이야 늘 똑같지만, 완두 수프 사건이 있은 뒤로 아빠는 마음을 바꿉니다.

"그리고 나는 떠났다……."

베타는 일기에 이렇게 적었습니다.

때로는 말 없는 저항이 승리를 가져오기도 합니다. 20세기 초만 해도 여자아이가 초등 교육을 마치고 공부를 계속하는 것이 쉬운 일은 아니었습니다.

농촌에서는 늘 일손이 필요합니다. 그런 이유로 여자아이는 결혼해서 새 가정을 꾸리기 전까지는 집안일을 도맡는 살림 밑천이었습니다. 베타 한손의 나라인 스웨덴에서 여성이 투표권을 얻게 된 것은 1919년입니다. 길고 힘든 정치 투쟁으로 쟁취한 소중한 권리였지요. 하지만 그 뒤로도 오랫동안 여성은 자신의 삶과 직업을 스스로 결정하기 어려웠습니다. 여성은 누구보다도 가족을 위해 노력하고 희생해야 하는 자리에 있었던 것입니다.

어린 시절, 베타 한손은 풀밭에서 소에게 풀을 먹이거나 길에서 고철을 주워 헐값에 파는 일을 했습니다. 하지만 가슴속에는 다른 꿈이 있었습니다. 그리고 자기가 꿈꾸는 삶이 다른 어딘가에 있으리라 믿었지요.

베타는 자주 집 뒤에 있는 언덕 위 풀밭으로 갔습니다. 스케치북을 펼쳐 놓고 앉아서 오래도록 산과 이웃한 농장들을 바라보았습니다. 때로는 아빠가 경매로 사들인 망원경을 갖고 가기도 했습니다. 언덕 위 풀밭은 어린 시절의 낙원이었습니다. 이곳에서 베타는 율리아 언니, 군나 언니와 함께 놀았습니다.

여름을 맞은 언덕은 제철을 만난 꽃들과 산딸기 천지였고, 겨울이 오면 아슬아슬한 스키장으로 변했습니다. 베타는 이따금 커다란 소나

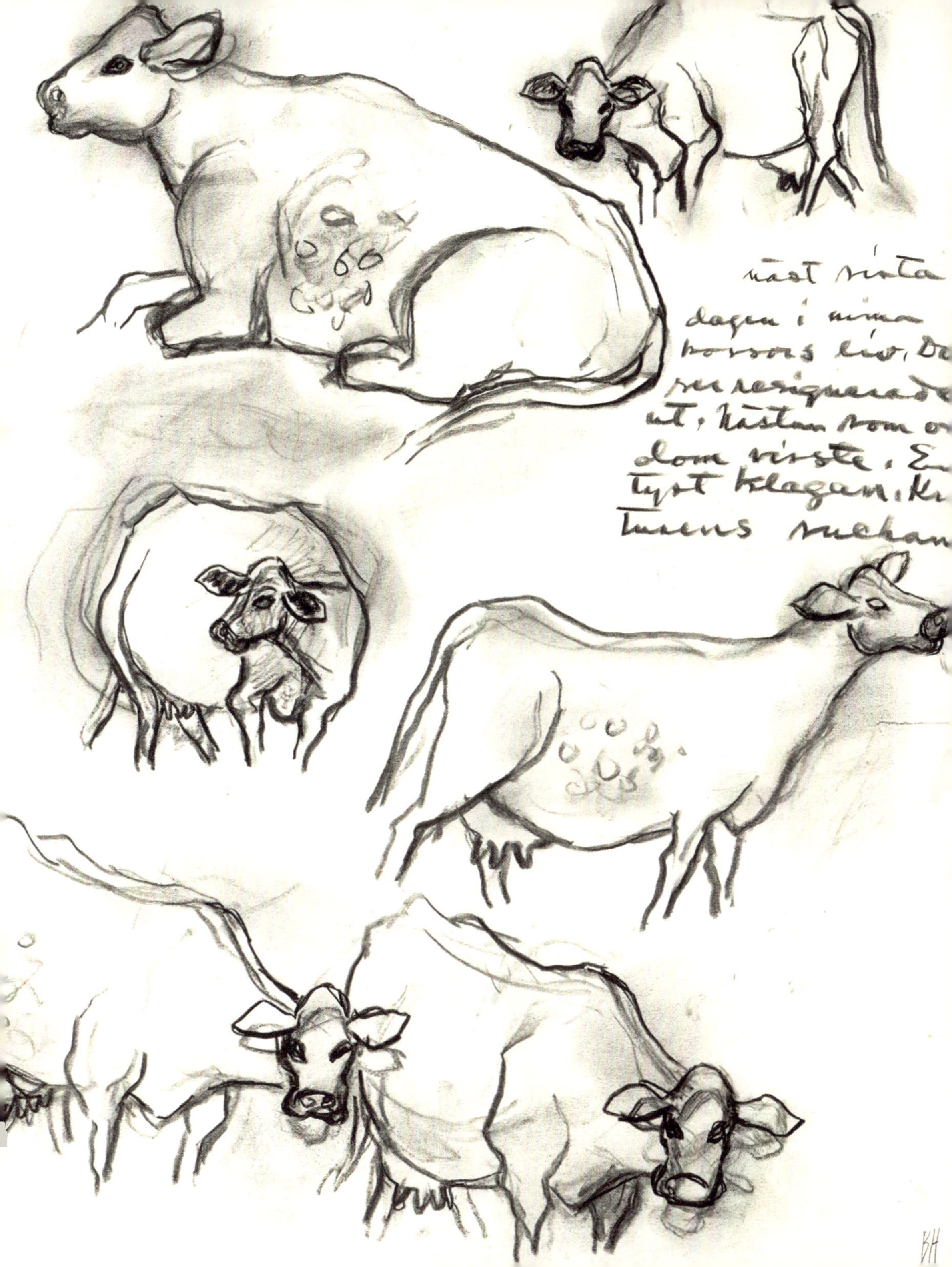
näst sista
dagen i sina
kossors liv. Da
ser resignerade
ut, nästan som o
dom visste. En
tyst klagan. Kr
BH

뭇가지에 걸터앉아 마을 도서관에서 빌려 온 손때 묻은 책들을 열심히 읽었습니다.

"해야 할 일과 걱정거리를 모두 잊고 나는 이곳에 숨어 있었다. ……그래도 세상은 저 혼자 잘 돌아갔다."

베타가 처음으로 채색화를 그린 곳도 언덕 위 풀밭이었습니다. 그

베타, 율리아, 군나, 1920년 무렵.

러면서 차츰차츰 예술의 세계로 발걸음을 옮겼고, 결국 스웨덴에서 가장 중요한 화가가 되었습니다.

베타는 가까이에 있는 대상을 주로 그렸습니다. 풍경, 동물 그리고 잘 알고 지내는 사람들이었습니다. 색채가 부드럽고 형태는 단순하여 군더더기 없이 간결합니다. 베타는 사람들의 개성과 감정을 그림에 풍부하게 담았고, 어린이의 초상도 즐겨 그렸습니다.

베타는 일찍부터 책과 음악과 그림을 좋아했습니다. 하지만 그 시절 농촌에서 예술과 문학은 사치였습니다. 제1차 세계대전을 겪었고, 식량도 부족했으니까요. 그림이란 교회에서나 볼 수 있는 것이었습니다. 음악 또한 교회나 마을 잔치, 학교 종업식 같은 특별한 행사에서만 연주되었습니다.

베타의 외삼촌인 유한은 농사에 별 뜻이 없는 사람이었습니다. 유화를 그리고, 바이올린과 스웨덴의 민속 현악기인 뉘켈하르파를 만들면서 스스로 "아마추어 농부"라고 했습니다. 하지만 외삼촌은 베타의 선택에 "진지한 관심을 보인 비범한 사람"이었지요.

외삼촌의 집은 베타의 마을에서 20킬로미터 떨어진 예르빅이라는 곳에 있었습니다. 예술적인 분위기가 흐르는 집이었지요. 외할머니는 부드러운 손가락으로 피아노를 쳤고, 외삼촌은 창작의 기쁨을 알려 주었습니다. 그림을 그리면서 베타는 자신의 감정을 표현할 수 있었습니다. "나만의 소망과 고통, 나만의 사랑과 꿈"을 진실하게 담았지요.

베타의 어린 시절은 슬픔에 젖은 시간이었습니다. 어머니는 베타를 낳고 나서 폐결핵에 걸렸습니다.

그 시절 스웨덴에서 전염성 폐결핵은 무척 흔한 질병이었습니다. 가난한 사람들과, 겨울이 긴 북부 스웨덴의 농촌 사람들이 많이 걸렸습니다.

베타의 어머니는 숲속의 결핵 요양원에서 치료를 받았습니다. 신선한 공기가 건강을 회복하는 데 도움이 된다고 여겼기 때문입니다.

베타의 인생에서 가장 행복한 순간은 어머니가 요양원에서 몇 달 지내다가 집으로 왔을 때였습니다. 그러나 전염될 위험 때문에 베타는 어머니를 껴안으면 안 되었습니다.

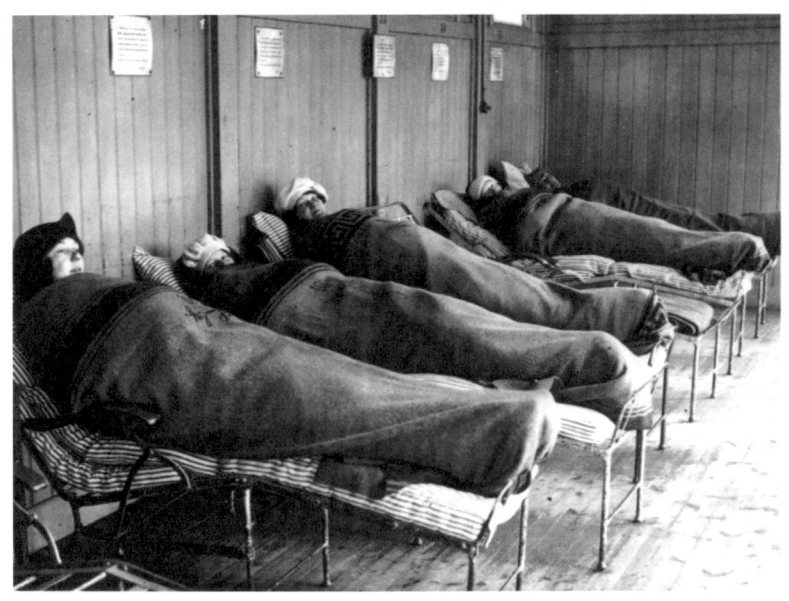

쇠데르뷔 요양원. 1927년. 베타의 어머니가 결핵 치료를 받던 시기인 1906~1910년 스웨덴에서 결핵에 걸려 죽은 사람들은 전체 인구의 12퍼센트인 45,578명이었다.

"나는 어머니를 사랑했다. 어머니는 우리 가족 가운데 유일하게 나를, 그림에 대한 나의 의지를 이해해 준 분이었다."

그토록 다정했던 어머니는 베타가 공부를 하러 고향을 떠나기 한 해 전에 세상을 떠났습니다. 그러고 나서 2년 후에 큰언니 율리아도 어머니와 같은 운명의 길을 갔습니다.

*

그림에 대한 소망은 더없이 뜨거웠지만, 과정은 험난했습니다. 그림을 시작하고도 베타는 숱한 어려움을 겪었습니다. 그 시대는 아직도 여성 예술가에게 문을 열지 않았습니다.

"내 안에 들어온 현실의 작은 부분들을 표현하고 싶은 열망이 나날이 커진다."

프레드리카라는 시골 마을에서 교사로 일하던 베타는 일기에 이렇게 적었습니다.

베타는 미술학교에 진학하고 화가가 되기를 바랐습니다. 하지만 아버지가 강하게 반대했습니다. 초등학교 교사는 여성의 직업이 될 수 있지만, 예술가는 아니라는 것이었습니다.

선생님으로 바쁘게 일하다가도 잠시 틈이 나거나 휴일이 되면 베타는 붓을 잡았습니다. 아이들이 그림의 대상이었습니다. 베타는 아이들의 몸짓과 언어, 얼굴과 감정을 연구했습니다. 겉으로 보이는 모습보다는, 그 안에 담긴 것을 드러내고자 했지요.

베타는 반 고흐와 마네, 모네 같은 유명한 화가들에 대한 책에 빠져들었습니다. "모든 것이 계시 같았다."고 베타는 회상했습니다.

베타는 도시에서 열리는 전시회를 보러 가고, 예술에 대한 열정을 나눌 친구들을 찾고, 잠시 스톡홀름의 미술학교에 다니기도 했지만, 다시 프레드리카로 돌아왔습니다.

아무도 모르게 베타는 자신만의 예술 세계를 만들어 갔습니다. 베타는 그림들을 대부분 작은 창고나 침대 밑에 숨겨 놓았지만, 자신의 그림을 다른 사람에게 보이고 싶은 열망은 강했습니다.

베타가 프레드리카에 온 지도 어느덧 7년이 흘렀습니다. 어느 날, 작가이자 화가인 엘사 비에르크만-골드슈미트가 학교를 방문했습니다. 교실로 들어선 엘사는 진지한 표정의 아이 얼굴을 부드러운 색채로 표현한 그림을 보고 놀랐습니다.

"도대체 이 그림이 어떻게 여기 있는 거예요? 선생님은 이렇게 좋은 그림을 어디에서 구했나요?"

"제가 그렸습니다."

베타는 잘 간직해 두었던 다른 그림들도 꺼내 왔습니다.

엘사는 자기 친구들에게 보여 주겠다며 그림 몇 점을 스톡홀름으로 가져갔습니다.

그날 밤, 베타는 일기에 이렇게 썼습니다.

"내가 사는 시골 마을에서 믿을 수 없는 일이 일어났다."

이듬해인 1943년, 베타 한손의 첫 개인전이 스톡홀름의 화랑에서 열렸습니다. 유화 60여 점이 소개되면서 이름이 널리 알려졌습니다.

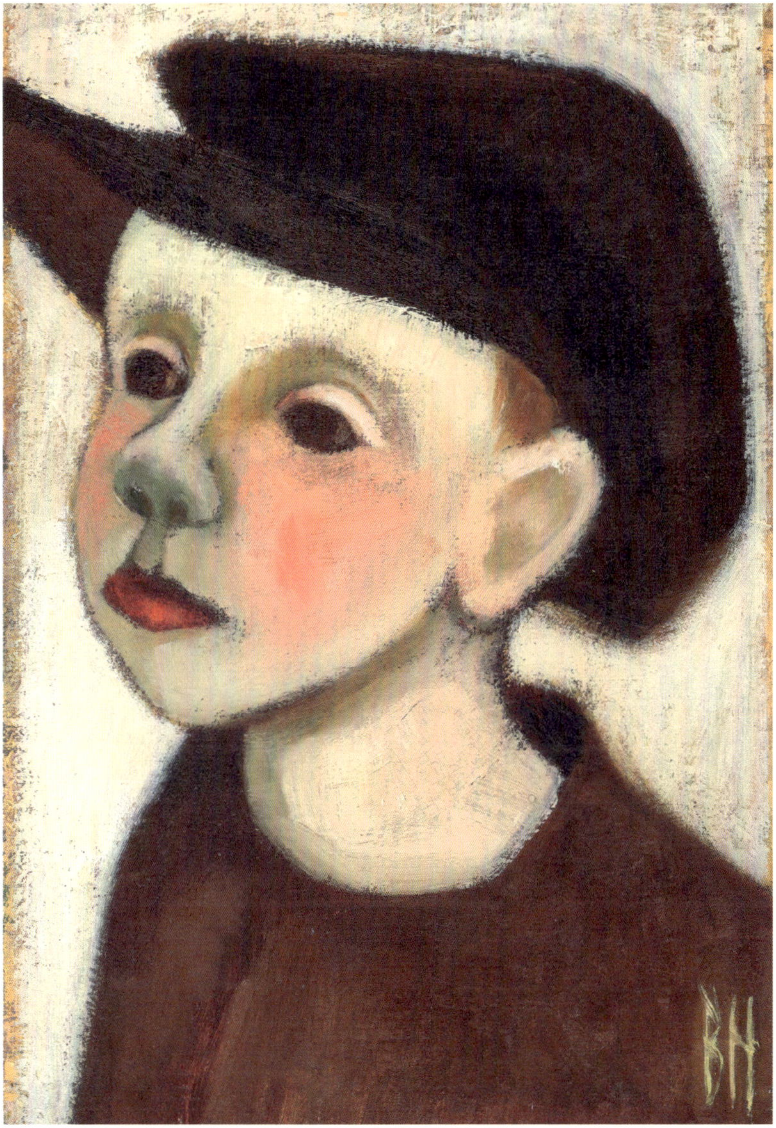
BH

챙이 달린 모자를 쓴 소년. 1940년대.

하지만 베타는 스톡홀름에 남지 않고 고향 마을인 함메달로 갔습니다. 늙으신 아버지를 돌봐야 했고, 농장 일도 맡아야 했습니다.

몇 년 뒤 스톡홀름에 무료 작업실이 생기자 잠시 마음이 흔들리기도 했지만, 그래도 베타는 아버지와 고향을 택했습니다.

그런데 넓은 세상으로 나가서 마음껏 꿈을 펼치라며 이번엔 아버지가 등을 밀었습니다.

베타는 파리로 가는 기차표를 끊었습니다. 책에서만 보았거나 상상했을 뿐인 예술 작품들을 눈으로 직접 보기 위해서였지요.

그날 일기에 베타는 이렇게 썼습니다.

"내 안의 새는 날개를 펴고 원하는 곳으로 날아가리라."

_ 알렉산드라 순드크비스트(기자/작가)

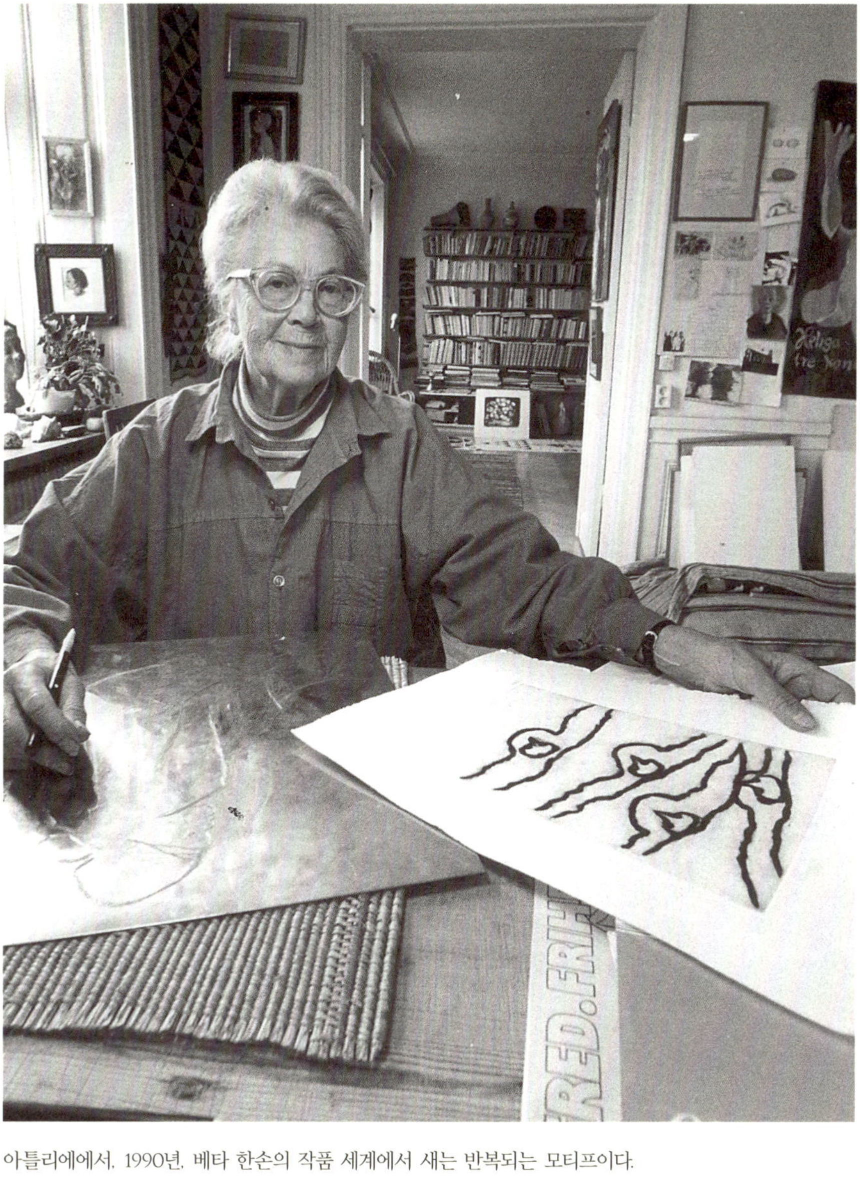

아틀리에에서, 1990년. 베타 한손의 작품 세계에서 새는 반복되는 모티프이다.

'내 안의 새'가 원하는 곳으로 날아가기를

이 책의 주인공 베타 한손은 1910년 스웨덴에서 태어났습니다. 제 어머니는 1938년 한국에서 태어났습니다. 베타는 화가가 되고 싶었지만 미술 교사를 권유받았고, 어머니는 소설가가 되고 싶었지만 국어 교사가 되었지요. 교직도 소중한 일이지만 여성은 타인을 위해 생계나 가사를 책임져야지, '예술가'는 될 수 없다는 편견 때문이었습니다.

현대 여성의 삶은 많이 달라졌지만 남성에 비해서는 여전히 어려움이 많습니다. 여성은 자신의 삶보다 가족 구조나 타인과의 관계가 더 중요하다고 요구(강요)받습니다. 때문에 여성이 원하는 인생을 살기 위해서는 우선, 자기 자신과 싸워야 한답니다. 가난한 여성이나 대도시 밖에서 사는 여성은 더욱 그렇지요. 《내 안의 새는 원하는 곳으로 날아간다》는 여성이 자신을 위한 삶을 포기하지 않고 쉼 없이 추구하는 과정을 잘 보여 줍니다.

이 책에 의하면, 의미 있는 삶을 꿈꾸고 실현하려면 두 가지가 필요합니다. 하나는 세상의 아픔을 온전히 느낄 수 있는 능력이고, 다른 하나는 그것을 껴안는 노력입니다. 아름다움은 슬픔과 고뇌 속에서 피어나는 우리 몸의 일부입니다. 타인의 요구를 존중하되 동시에 무시할 수 있는 용기!

지금 '추천사'를 쓰고 있는 제게도 이 책은 많은 도움이 되었습니다. 저는 베타와 동일시되었습니다. '내가 본 것을 잊지 말고, 그것을 기억하며 쓰자.' '나의 몸이 세상의 모든 것과 닿을 수 있도록 하자.' '어려움이 있어도, 누가 뭐래도, 세상이 뭐래도 나는 나의 길을 간다.' 어떤 어려움이든 그것은 희망을 품는 씨앗입니다. 우리 안의 '새'가 원하는 곳으로 날아가기를 바랍니다.

_ 정희진(여성학 연구자)

나의 다정한 벗들에게
감사의 마음을 전합니다.

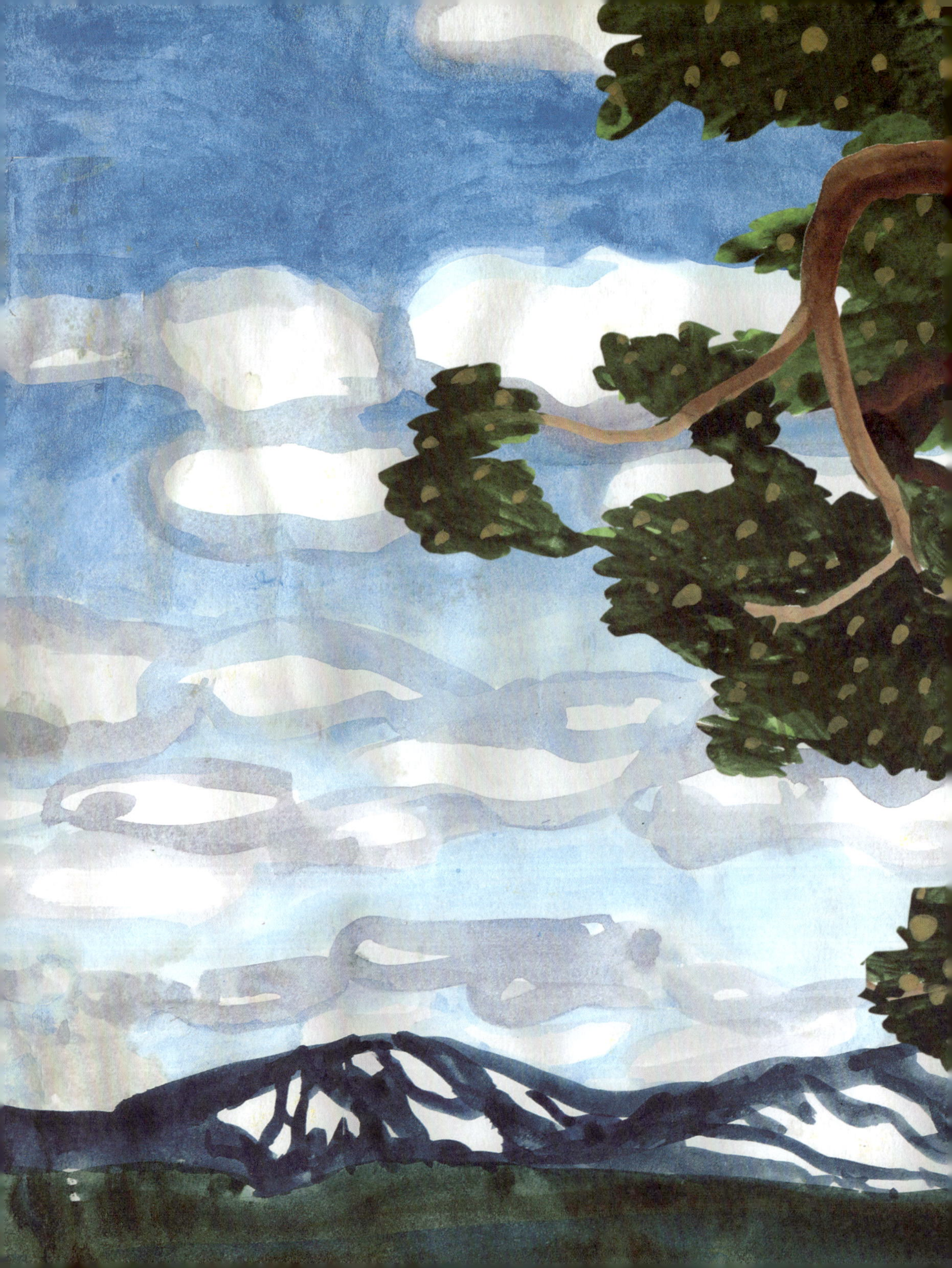